今度は絶対に邪魔しませんっ!

2

空谷玲奈
Reina Soratani

イラスト はるかわ陽
Haru Harukawa

登場人物紹介
メアリージュン
・ヴァーハン
ヴァーハン家次女。ヴィオレットの異母妹でタンザナイト学園一年生。
マリン
ヴィオレットに仕えるメイド。
ヴィオレット
・レム・ヴァーハン
ヴァーハン公爵家の長女。異母妹を殺害しようとした罪で投獄された所で時間が巻き戻った。タンザナイト学園二年生
ロゼット
・メーガン
隣国リトスの姫で、タンザナイト学園二年生。

クローディア
・アクルシス
ジュラリア王国第一王子で次期国王と言われている。タンザナイト学園三年で生徒会長。
ミラニア
・デオール
タンザナイト学園三年で、生徒会副会長。クローディアの親友。
ユラン
・クグルス
ヴィオレットの幼馴染み。王族の分家で国の宰相の息子。タンザナイト学園一年。
ギア
・フォルト
シーナ国の王子で、ユランの中等部からの友人でありクラスメイト。

Contents

48. 溢《あふ》れる前に

メアリージュンが考え方を少し改めてくれたおかげで、当面の憂いは晴れた様に思う。勿論《もちろん》、考え方をがらりと変えた訳では無いが、それでも外面を取り繕う事の重用性は分かってくれた様で何よりだ。

とはいえ、それでヴィオレットの生活が変わるのかと言えばそんな事は無い。

ヴィオレットは相も変わらず家族の輪の外にいて、引き入れられる事も、自ら近付く事もなく。むしろメアリージュンにこれ以上近付いて、何かしらの感情を揺さぶられるのは御免被《こうむ》ると思っているくらいだ。

卒業後の進路についてより強い決心はしたものの、現段階で出来る事は何も無いのだ。

むしろ下手《へた》な努力の末、誰かに気付かれでもしたら、その時点で修道院への道は閉ざされてしまう。公爵家の令嬢がわざわざシスターになるなんて……皆無とまでは言わないが、好奇の目に晒《さら》されるのは確実。

そしてそれが父の耳に入れば、問い詰められ、理由も聞かず叱責され、最後は何かしらヴァーハン家にとって有益な相手に嫁がされる。正直、順当にシスターになれる自分よりもそっちの方が想像に容易《たやす》いのだけど。

(でもまぁ……平和と言えばそうなのかしら)

メアリージュンが態度を変えれば、彼女に対してこれ見よがしに嫌みを言う者も少しは減るだろう。粗探《あらさが》しをする者にとっては、えくぼも痘痕《あばた》へと変えられてしまうが、そういう者は周囲にも分かる。こじつけとはつまり、それだけ不自然という事だから。

となると、学園で最も危惧すべき事態は避けられると考えて良さそうだ。メアリージュンを嫌う者がいるのはどうでも良い。ヴィオレットの気掛かりは、そういう輩《やから》に対するメアリージュンの反応だけだから。

「――ちゃん、……ヴィオちゃん、聞こえてる?」

「っ……ごめんなさい、何かしら」

「ここ、あってる?」

「えっと……えぇ、大丈夫」

大きな学園の大きな図書室は、全校生徒が集まろうともその広さが損なわれる事は無い。席はそれこそ山の様に有るし、学内に図書室として機能する部屋《へや》は他に幾つも有るのだ。その多くにはサロンの名がついていて、名実共に『図書室』であるのは、最も広く蔵書数も豊富なここだけだけれど。本部と支部の様なものか。

そして今日は、何処もそれなりに人が多い。サロンにも図書室にも、生徒達が大勢集まっている。教科書とノート、筆記用具を広げた生徒が放課後にわざわざ図書室で勉強する理由といえば、一つしか無い。

「ユランなら私に確認しなくても分かるでしょう」

「うん。でも正解したらヴィオちゃんが褒めてくれるかなぁって」

にこにこにこ、勉強中とは思えないくらいにユランはご機嫌そのもの。勉強が好きならばそれも当然かもしれないが、ユランは学業が得意ではあっても特に好きという訳では無い。

ユランが鼻唄を歌い出しそうな程に機嫌が良いのは、ただ隣にヴィオレットがいるからなのだが。かといってヴィオレットと共にいたいというだけの理由で真面目《まじめ》にお勉強に励んでいる訳でも無い。勉強もする必要があったから、一石二鳥を狙っただけで。

「そうね……全問正解したら、ご褒美を考えてもいいわよ?」

「ほんと⁉　やったっ」

ただ並んで勉強しているというだけで、ヴィオレットが先生役をしている訳でもないけれど、ユランが望むなら何処かで何かをご馳走《ちそう》するくらい何て事は無い。そしてユランの学力なら全問正解なんて楽勝だろう。

「ほら、閉館時間までに終わらせないと」

「はーい」

その言葉に、それまで緊張感のなかった表情が一瞬で真剣な物に変わる。笑わずとも穏和な雰囲気が消えないユランだが、ノートに向かって目を伏せる姿は流石《さすが》に穏やかとは言い難い。それでもヴィオレットの様な鋭さは無い。垂れた目元は無条件で柔らかそうに見える。

現在、ヴィオレット達はテスト勉強の真っ最中である。

一年を三つの学期に分け、一学期ごとに二度、一年に六度。生徒の学力を把握しておく為、全教科を三日間でテストするというそれは、基本的にあまり学生に好まれる制度では無い。今回は新学年になって初めてのテストだからまだマシだけれど、出題範囲は学年ごとに習った所全て、つまり年度末に近付く程出題範囲は広がり難易度も上がる。

正直、正攻法で勉強していてはキリが無い。教えられた事の全てを一度で理解出来るなら苦労はしないのだ。

だから、生徒達はちょっとした抜け道を使う。それは勿論、カンニング等という不正行為ではなく、本当にちょっとしたテスト攻略法。

「ヴィオちゃんが過去のテストを残してくれてて良かった」

「ユランが来ると分かっていて捨てる訳無いでしょ」

それは至極簡単、学年が上の人に過去のテスト問題を教えてもらうのだ。

教師達も暇では無い。一年に六度有るテストを、年度が改まる度に作り直していては大変だ。何より教える内容は変わらないのだから、テスト問題だけ変えるというのは教師達にとって二度手間どころの話では無い。

その為、基本的にテストの問題は毎年それ程変化しないのだ。一から十まで完全一致とはいかずとも、六割……もしかしたら七割がた同じ様な問題が出る。文章や数字が違う程度の差なんて、解く側からするとあってない様な物なのに。
ただし、学年末の進級試験だけは毎年テストを完全に作り直しているので、この攻略法は使え無い。攻略法はあくまでやり易くする為の物であり、必勝法ではないのだ。

「いや、ヴィオちゃんなら残してくれてると思ってたけど……さ」

中等部にいた時もそうやってテストの度に助けて貰《もら》っていた。だが今回は、その恩恵を与えるべき相手が別にいるのでは、と思っていたから。
学園のテスト事情を把握しているユランよりも、右も左も分かっていない妹……メアリージュンの方を助けるのではと。それがヴィオレットの意思かどうかは別として。
言わんとする事がその気遣わしげな視線で伝わったのか、あぁ、と短く頷《うなず》いたヴィオレットは、何かを気にした様子もなく視線を教科書に落とした。

「彼女から頼まれていない事を押し付けるつもりは無いわ。それに、……必要無いだろうから」

メアリージュンの頭脳は、きっと本人よりもヴィオレットの方が正しく把握している。かつて、完全なる嫌がらせで一切協力せず、あからさまな妨害工作まで講じたにも拘《かかわ》らず、メアリージュンは難なく学年一位に輝いて見せた。
授業を聞くだけで理解出来たら苦労はしないと思っていたけれど、メアリージュンはその苦労を知らないタイプの人間だった。つまり、紛《まご》う事なき天才。

今回に関しては、頼まれたなら協力しようと思っていたのだけれど……どうやらその機会は無さそうだ。

「そんな事は良いから、自分の対策を怠らない。どうせなら好成績を納めてもらわないと、協力したかいが無いでしょう?」

「……うん、頑張るね」

「楽しみにしてるわ」

そう言いつつ、ユランなら実力だけで満足する結果が得られるだろう。緊張したり焦ったり、何かしらのハプニングで能力が発揮出来ないなんて事になったら話は変わってくるけれど、その心配は不必要だ。

むしろ、頑張らなければいけないのはヴィオレットの方で。

「……厳しい、かなぁ」

再び問題に向き合ったユランには聞えぬ様、小さな声で弱音を溢《こぼ》した。

ヴィオレットにとって、今回のテストは二周目という事になるが、だからといって難易度が下がるかと言われればそうでも無い。前回もかなり頑張ったが、それでもメアリージュンの好成績の前に霞んだ挙げ句、父からは苦言を呈される事になった。

ヴィオレットの頭脳は、決して悪い訳では無い。むしろ平均より優秀な部類に入る。天才には及ばないけれど、それに関しては既に諦めているので構わない。

問題は、父の苦言をどの程度まで軽減させられるか。平均以上をとった前回は、ヴィオレットが言い返した事もあって暴言の応酬に発展した。今回は一方的に聞く羽目になるとして、出来るだけ早く父の興味をメアリージュンへの賞賛へとシフトしたい。

となると、それなりに良い点数を取らねばならないのだが、一度受けたとはいえ、まさか再び受ける事になるとは思ってもいなかったし、その後に待ち受けていた絶望が多くの記憶を塗り潰してしまった。投獄までされた身で一年前に受けたテストを記憶していられるなら、その記憶力で授業内容の丸暗記くらい出来ている。


そして何よりネックなのは、ヴィオレットには過去のテストを借りられる相手がいない事。つまり、テスト対策として多くの生徒が使う攻略法が使えない。

上級生の知り合いがいない訳ではないが、所詮は知り合いの範疇《はんちゅう》。テスト問題を教えて下さいと頼める範囲には、誰一人として存在しない。そしてヴィオレットは、気軽に人に頼み事が出来るタイプでもない。

つまり、出題の予測も出来ない状態で、教科書の内容を一から十まで頭に詰め込んでおかなければならないという事だ。

前回も、正直かなり辛《つら》かった。第一回のテストですらそうだったのだ、その後の五回も毎回最悪を更新していたくらい、テストを何度も呪ったし、学園を燃やしてやりたくもなった。脳内では何度か全焼させた。

そこまで自分を追い詰め、やっとの思いで優秀な成績を収めても、褒められるどころか頂点を得た妹と比べられ叱られるなんて……今にして思うと己に課せられたハードルの高さに辟易《へきえき》してしまう。テスト攻略法を使っていないという条件は姉妹共に同じだった事が、より父の比較に油を注いでいたのだろう。

妹はそれでも一位なのに、姉のお前は何をしていたのだ、と。

頑張ったのだと言った所で、数字として出た結果は父にとって厳然たる証拠。頑張ったのだと言っても、認めては貰えなかった。メアリージュンより劣った自分は、メアリージュンよりも楽をし、怠けたのだと。

生まれ持った才能が十人十色なら、努力で身に付く物だってそうで有るはずなのに。

天才であるメアリージュンに、ヴィオレットの努力は敵《かな》わなかった。その事実が、父にとっては蔑みのネタになる。

(言い訳するなって叱られたっけ)

才能を言い訳にするな、と。メアリージュンを天才だと讃《たた》えたその口で、ヴィオレットには努力が足りないと叱責する。

あの人の心がどれ程偏っているのか、初めて目の当たりにした瞬間だった。因《ちな》みにその後も幾度となく実感させられ、終《しま》いには慣れてしまったのだが、当時は絶望感に苛《さいな》まれていた気がする。一年前なので記憶は曖昧になっているけれど。

メアリージュンが天才である事は知っているし、自分の考える『努力』ではそれに敵う事は無いと、既に知っている。だから今さら己の才能の無さを悲観したりしないけれど。

「結果が全てを物語るのよね……」

ヴィオレットにとってではなく、父にとっては。過程の苦難ではなく結果が全て。頑張ったのだとどれだけ主張しても、メアリージュンより劣っている事実は覆しようが無い。

結局、自分には前回同様、非効率極まりない方法で頑張る以外に道は無いのだ。

はぁ……と、無意識に溢れ落ちたため息に気が付く者はいないと、思っていた。ヴィオレット本人すら意識していなかったのだから、当然だ。

普通なら、そうなのだろうけれど。忘れてはならない、今ヴィオレットの隣にいるのは、この世の何よりヴィオレットを想《おも》う人間である事を。

仮令《たとえ》真剣に勉強している最中であろうと、ユランがヴィオレットの憂いを聞き逃すはずが無いのだ。

49. 自覚と優先

布の擦《こす》れる音、緊張に乱れた息遣い、紙を引《ひ》っ掻《か》くペン先。どれも小さな音のはずなのに、現状に神経が研ぎ澄まされているせいか、さっきからいやに耳に付く。

鼓動が速いのは本人以外に知り得ない事では有るが、あまりに耳元でドキドキと音を立てているから、周りにも聞こえているのではと不安になってしまう。勿論そんな事はあり得ないのだけれど。

「ヴィオちゃん、手が止まってるけど、何処か分からない？」

「え？　あ……大丈夫よ、問題無いわ」

問題は、無い。むしろ色々と良い方向に転がっている気さえしている。これなら前回よりも楽に良い点がとれるだろう。

そっか、と一点の曇りも無い笑顔で頷く姿はいつも通り。基本的にユランはヴィオレットの言葉を全面的に信じる傾向に有る。

だが現状では、そのいつも通りが多大な違和感となっているのだが。それに関しては大丈夫ではないし、問題大有りだ。それに気が付かない程ユランは鈍かっただろうか……と思案するが、ヴィオレットも基本的にユランの事を疑わない為、その疑問もその内消えてしまうだろう。

ただ、それでもこの場所、このメンバーには疑問を抱かざるを得ない。

「ヴィオレット、そこは多分文章の変更が有る。担当教師は確か……」

金色の髪が目の前で重力に従い垂れ下がる。その指先が示すのはヴィオレットが取り組んでいるプリントだ。

正しくは、ヴィオレットが借りている、過去のテスト問題。

自分が置かれている状況を、ヴィオレットはきちんと理解している。重々理解した上で、あえて言わせて頂きたい。

どうしてこうなったのだろうか、と。

※
※
※

始まりは、ユランがヴィオレットをテスト勉強に誘いに来た事だった。

その時はなんの疑問もなく、むしろ自分に過去のテスト問題を借りるのだから当然だ。ヴィオレットにはもう必要の無い物なので、譲ってしまってもなんら問題無いのだけれど、それはユランが頑なに遠慮……拒否にも近い勢いなので、未《いま》だヴィオレットとユランの手を行ったり来たりしている。たかがプリント数枚、学園に置きっぱなしにするだけなので別に構わないが、ユランが自宅で復習したりする時に、無いと不便ではないのだろうかと心配はしている。

実際は、ヴィオレットと一緒でなければユランは自習などしないので問題無いのだけれど。

そんな彼と図書室に通う様になって数日。

いつもの様に人の少ない場所を見繕うつもりだったヴィオレットに、ユランがある提案をして来た。

「去年の二年生のテスト問題を持っている人に借りられるよう約束してきたから、今日はそっちで勉強しよう」

「え……」

去年の二年生、つまり現在の三年生。

そんな当然の事を飲み込むのに随分時間がかかった様に思う。戸惑っているヴィオレットにユランはただ笑みを浮かべ、急《せ》かす事はしないが、それ以上の説明をする訳でも無い。

ただじっと、それこそ忠犬の様に、ヴィオレットが紡ぐ言葉を待っている。

静けさに包まれた空間に、ユランが伝えたい事の全てを言い終わったのだと気が付いたヴィオレットは、呆れと諦めが混ざったため息を吐《つ》いた。


「……ユラン、三年生に知り合いがいたのね」


いや、知り合いがいる事は知っているけれど、ヴィオレットの想像する人物にユランが接触する図は想像出来なかった。ヴィオレットに対しては穏和な態度を崩さないけれど、その姿だけでユランの全てを知った気になる程浅はかでは無い。

ユランが、クローディアを得意としていない事くらい、ヴィオレットだってよく知っている。二人の間柄が複雑だという事は学園中が何かしら感じ取っている事だろう。

その延長なのか、ユランはクローディアの同学年、つまり現三年生とはあまり交流が無い……少なくとも自分は今の今までそう思っていたのだが、どうやらそれは思い違いだったらしい。よくよく考えてみれば、人当たりの良いユランの交遊関係が学年を跨《また》いでいてもなんら不思議では無い。


「まぁ、ね……」

「……？」

「それじゃあ、行こう。多分向こうはもう着いてると思うから」

「そうね……お待たせしたら申し訳ないもの」

一瞬翳《かげ》ったユランの表情はすぐに穏やかさを取り戻して、人によっては見間違いだと素通りしてしまう程度の僅かな変化だったが、それを見逃す様な間柄では無い。

そして仮に追及したところで、決して答えてくれない事も、ヴィオレットはよく知っている。どうせ行けば分かるだろうと、気にしていなかったのだが。

進む道の先に有る部屋を想像出来る様になって、それが確信に変わって、信じられずに何度もユランを見上げたが、それに対しての返答は無い。

斜め後ろを歩いているとはいえ、ユランがヴィオレットの心情を察せないはずがない……つまり、分かっていて説明するつもりが無いのだろう。

到着したのは、生徒会室だった。

そして現在、生徒会所持のサロンにて、ヴィオレットは真っ先に候補から外したはずのクローディアに勉強を見てもらっている。

本当に、どうしてこうなったのだろうか。

50. 基準は一つ

それは、ヴィオレットとユランが共にテスト勉強をする様になってすぐの頃。

ヴィオレットと二人並んで、談笑も交えながらの勉強会は、ユランにとって至福以外の何ものでもない。

迷いなく答えを導き、滑らかに紙面を撫《な》でる視線。ペンの頭を唇に当てる仕草《しぐさ》。眉間にシワを寄せ、少し頬を膨らませたかと思えば、謎が解けて晴れやかな笑顔《えがお》に変化する一連。毅然《きぜん》とした美しさ。なぞなぞに挑む子供のあどけなさ。疑問が解消された時の明るい笑み。ヴィオレットの表情一つ一つを横目で見ながらの勉学には、穏やかなBGMの中で励む様な落ち着きがあった。こんなに楽しい勉強会なら、テスト期間でなくとも毎日行いたいくらいだ。そうしたら自分の成績は欠け無く満点を取れるだろう。

ただそれは、ユラン側だけの話。

「ヴィオちゃんは……」

「ん……？　何処か分からない？」

「……うん、ここ教えて欲しいんだけど」

「そこはひっかけなのよ。問題をよく読んでみると答えが書いて有るわ」

適当な問題を指差して、ヴィオレットの意識をそちらに向ける。勿論彼女の説明を聞き流す様な真似《まね》はしない。一語一句記憶しながら、自分が本当に聞きたかった事は胸の奥に仕舞った。

――ヴィオちゃんには、誰か教えてくれる人いないの？

答えは聞くまでもなく分かっている。ヴィオレットに三年生の知り合いが多くない事は知っているし、その中でテスト問題を借りられる相手となれば……想像に難くない。

彼女が自分以外の誰かとこうして並んで勉強をする姿は、考えるまでもなく不愉快なのだが。自分はヴィオレットのおかげで楽が出来ているというのに、ユランがヴィオレットにしてあげられる事は何も無い。

年下である事をこれ程悔やんだ事は無い。きっと明日には同級生になりたくて、時には年下である自分を称《たた》えるだろうけど。結局ユランにとって、ヴィオレットの益である立場は総じて得たいものなのだ。年下である事実と、年下では与えられない物が有る限り、ユランは羨望と優越を繰り返す。

そして今は、羨望の時らしい。一年生だからヴィオレットに勉強を教えてもらえるけれど、教える事は出来ないという現状。

歯がゆく思うのは事実だが、思うだけは無いのと同じ。

ヴィオレットの為になる事を分かっていながら、指を咥《くわ》えて見ているだけなどあり得ない。

※※※

「何悩んでんの？」

「うるさい」

「表情無くて怖いんだけど」

全く想いの籠《こも》っていない声色と、呆れた様な視線を向けてくるギアは、恐らく大体の理由は把握しているのだろう。少なくとも、ユランが表情を繕えなくなる程に考え込む理由なんて一つしかない。

「その顔でヴィオさんの前に行ったら驚かれるぞ」

「そんなヘマする訳ないだろ」

「あぁそうですか……」

今は休み時間で、教室にはそれなりに人が残っている。それらの目はどうでもいいのか、それとも自分の印象的に問題無いと思っているのか……恐らく後者だろう。普段のユランを知っている者が見れば驚くかもしれないけれど、それすら魅力的なギャップだとかなんとか肯定的に解釈されるだろう。それだけの人望がユランには有る。

「で、結局何を悩んでんの？　姫さんになんかあった？」

「その呼び方はやめたんじゃなかったのか」

「ヴィオさんって呼んだ瞬間不機嫌オーラ出しといてよく言うよ……本人いねぇ時はいつも通りにするわ」

「……あっそ」

ユランに自覚はなかったが、どうやらギアがヴィオレットの事を愛称で呼んだ時、目付きが厳しくなったらしい。

完全無意識、むしろ反射的に出ただけなのだが、変更してくれるなら止める必要も無いだろう。姫の呼び名も許した訳ではないが、自分しか呼ばない愛称の特別性を損なわれるよりはマシだ……そう考えるくらいには、腹立たしかったらしい。

心が狭いとも思うが、元よりユランの優しさはヴィオレットに全振りされているので、ギアも今更それについて追及する気は無いけれど。というか、するだけ無駄だ。

「ギアは三年に知り合い……いないよな」

「せめて聞けよ。いないけど」

「俺にいないのにお前にいる訳ないだろ」

「まぁな」

言っておいてなんだが、この言い種《いぐさ》で納得するギアは少々懐が深すぎやしないだろうか。いや、ただ興味がないだけか。

何より、ユランの言葉は事実である。

クラスメイトや同級生は関わる機会が多い分、馴《な》れるのも早かったが、根本的にギアはその容姿故に学園規模で浮いている。ユランもある程度複雑な事情を抱えてはいるが、それでも『理由』が目に見えるギアよりは小規模だ。

「というかユランは何人かいるだろ。その外面で騙《だま》した相手」

「騙してない。向こうが勝手に勘違いしてるだけだ」

「物は言い様ってやつな、それ」

「社交辞令を使って第一印象を向上させるのは当たり前だろ？」

「割り切り方が雑……」

言っている事自体には問題が無い事がむしろ問題な気もするが。改める気の皆無な相手に言うだけ体力の無駄遣いだ。

それよりも、さっきから何度も横道に逸《そ》れる話題を修正する方が大切だ。

「三年に何かあんの？」

「もうすぐテストだろ、だから」

「……いや、それで理解しろって無理だからな」

もうすぐテストだという事はギアだって勿論知っている。緩い雰囲気と活発そうな見た目をしているが、王子として最低限収めておくべき成績というものは有るのだ、一応。それをギアがどれだけ意識しているかは別として。

問題はそのテストと、ユランが三年生の知り合いを探している事が、どう繋《つな》がっているのか。

意味不明といった表情のギアに、ユランは馬鹿《ばか》なの？　とでも言いたげな視線を向けるが、分かる人の方が少ないだろう。

ため息を一つ、仕方がないという顔で重い口を開き、説明を始めた。

「ヴィオちゃんにテスト問題を貸してくれる人を探してるんだけど、それに見合う相手がいないんだよね」

元々ユランが自ら愛想を振《ふ》り撒《ま》きに行く相手はヴィオレットに関係する者だけだ。交流の必要性が低い相手のご機嫌をとってやる程優しい人間では無い。

ギアやユランとは別の意味で有名であり、人から距離をとられがちなヴィオレット。彼女にとって有益か、それとも害かを見極め、いつでも対処出来る様に立ち回ってきた。

つまりユランの知人に当たる先輩達は皆、何かしらの感情をヴィオレットに抱いている人間。そんな不安因子を大切な宝物に近付ける様な真似をユランが選ぶはずもなく。

しかしそうなると利用出来る、もとい頼れる人材まで一緒に無くなるのだが。

「……仕方がないか」

「ん？」

「何でもない」

不機嫌と諦めが混じった様なユランの呟《つぶや》きが耳に届いて、ギアの眉間にシワが寄る。しかし、何でもないと言うユランに食い下がった所で、完全無視を決め込まれるだけだと、ギアは長い付き合いから理解していた。

それに自分の決めた事で人に八つ当たるタイプでも無い、基本的には。例外にさえ触れなければ問題無い。

結局ユランが何を考えていたのか。ギアが知るのは、ヴィオレットがその勉強会に一頻《ひとしき》り混乱した次の日の事だった。

51. 君の言葉なら

目の前に広がる光景を現実として受け入れるまでに、これ程時間がかかる事もそうないだろう。予想外過ぎてどうするべきか未だに迷ってしまう。流されている感も否めない。

別に何か問題が有る訳でもないので潔く受け入れてしまえばいいのだが……ユランの心情を思うと素直に受け入れるというのも問題が有る気がしてならない。

正直自分がどうこうというより、ユランの内心がどうなっているのかが心配なのだ。自分の為に無理をしているのではないか……と。

問題を解きながら横目に見ても、その表情はいつもと変わらず、真剣にヴィオレットが貸した過去問題を解いている。

（気にしすぎ、かしら……）

ユランが自らの意思で選択した行動に、ヴィオレットが介入する意味は無い。それが誰の為であっても、それを選択したのはユラン自身なのだから。

自分は幼馴染相手に少々過保護過ぎるのかもしれないと反省する。小さく幼かったあの頃とは違い、ユランはもうヴィオレットの背を超し大きく成長している。可愛《かわい》らしい男の子から、頼りになる男性へ、そんなユランをいつまでも子供の様に扱うのは失礼だ。

実はヴィオレットよりもユランの方が何十倍も過保護なのだけれど、見えない所で牽制《けんせい》する羊の皮を被《かぶ》った狼《おおかみ》は、その事を気付かれる様なヘマはしない。

「ヴィオレット、そこ間違ってる」

「えっ？　あ……ど、どこですか？」

「ほらここ、表現が分かりづらくて勘違いし易いんだ」

「……本当だ」

「これは担当教師の癖なんだ。多分今年もそうだろうから、注意した方がいい」

「はい、ありがとうございます」

意外……と言っては失礼かもしれないけれど、クローディアの教え方はとても分かりやすい。

解き方だけでなく問題の出し方、作り手側の癖まで読み取って説明してくれる。ユランの前では緊張して空回りしてしまう事が多いけれど、元々の能力は驚く程優秀な人間なのだと再認識した。

一番意外だったのは、クローディアがヴィオレット相手にこうして懇切丁寧に対応している事だろうか。以前に比べれば随分と二人の間に流れる空気は柔らかくなっているけれど、それがイコール信用されたとか、許されたとかではないと、ヴィオレットはきちんと理解している。

互いに距離感を測りかね、遠ざかろうにも近付こうにも身動きが取りづらいのが現状。

今日も、引き受けたからには真剣にやってくれるだろうとは、クローディアの性格上想像出来たけれど、もう少し事務的な感じになると思っていた。それがまさか、こんな和やかな雰囲気になるとは。

予想外に予想外が重なって、最早《もはや》認識困難で色々と戸惑う。

「ヴィオちゃん、疲れた？　大丈夫？」

「えっ？」

「少し、休憩にしようか」

パタンと音を立てて手にしていた本を閉じたミラニアは、クローディアと目を合わせて、何か通じ合ったらしい二人は言葉なく頷き合う。

クローディアの隣から立ち上がったミラニアは片手に何冊もの本を抱え、クローディア……ではなく、何故《なぜ》かユランの肩に手を添える。訝《いぶか》しげな表情になるユランとは対照的に、ミラニアは心情の読めない笑顔を崩さない。

「ユラン、少し手伝《てつだ》ってくれる？」

「は……？」

「図書室に行くついでに何か買って来ようと思って。ヴィオレット嬢に荷物を持たせる訳にはいかないし、君達だけをこの部屋に残す訳にもいかないからさ」

生徒会所有のこのサロンは、役員と共にでなければ使えない。お手洗いに行く程度であれば問題なくとも、図書室に行って寄り道をして戻ってくるとなると、その範囲内ではないだろう。

女性であるヴィオレット、この部屋に残るべきクローディアを外せば、残りはユラン一人になる。

「彼女の好みは、俺よりも君の方が把握しているだろうし……ね」

「……」

一瞬、鋭い眼光がミラニアを突き刺す。それを余裕の笑みで受け流され、ユランの中で悔しさが募った。

腰の重いユランを急かすでもなく、ただ待つだけの姿勢を崩さないミラニアに、落ち着かないのは見ている方。特にクローディアにとって、ユランの機嫌は自分に対する物でなくとも無視出来ない代物だ。

うっすらと漂い始めた不穏な空気を取り払う様に、艶やかな声が転がった。

「行ってくるといいわ、ユラン」

「ヴィオちゃん……」

「外の空気を吸うのも良い気分転換よ」

「……うん、分かった」

ヴィオレットの言葉に、さっきまでの硬質な空気が霧散する。まるで初めからそんなもの無かったかの様に。ミラニアが見た眉間のシワは幻だったのかとさえ思う、最早二重人格の域だ。

「それじゃ、行きましょうか」

「あぁ……二人も、ちゃんと休憩してるんだよ？」

「分かっている」

「行ってらっしゃいませ」

見送りの視線がユランから外れ、パタンと扉が閉まる瞬間。

ユランの顔から一切の表情が消えた事に、ヴィオレットは気が付かなかった。

52. 天秤《てんびん》の傾く先

穏やかで優しくて、笑顔が柔らかい好青年。

きっと多くの人は、ユランに対してそういった印象を抱くのだろう。内面を知っているミラニアでもたまに騙されてしまうくらい、ユランの外面は良く出来ているし、彼自身、そういう自分をよく分かっている。

クローディアの親友という位置にいなければ、きっとミラニアはユランの本性を知らずにいた。

そんな男が今、何の感情も窺《うかが》い知れない無表情を貫いているのだから、機嫌は最高潮に悪いらしい。

昔はもう少し自分に対しても取り繕っていた様に思うのだが……昔と言っても、ユランが中等部に上がる頃までの話だが。

「随分と雑になったよなぁ……」

「何がです。考え事してないで、迅速に行動して頂けますか」

「君、俺相手にも猫被らなくなったね」

クローディア相手に厳しい態度を取るのは、理由を知っているので口出ししない。それは当人同士で何とかすべき事だ。王子相手には決して誉《ほ》められる態度ではないにしても、クローディア本人が咎めないのであれば周囲は何も出来ない。

何よりユランは周りに感付かれる様なヘマはしない。ミラニアやギアに気付かれた事だって、それが不利にならないと分かった上で、仮令知られてもミラニア達が口を挟んだり言い触らしたりしない事を分かっているから。その証拠に、ユランがクローディアを〝嫌厭《けんえん》〟している事実に気付いている人は一握りだ。二人の関係自体は周知の事実なので、何となく気まずそうくらいの認識は各々しているらしいけれど、その程度。

実際は奈落の様な溝によって分断されているのだとは、想像もしていない。

「貴方《あなた》に愛想良くして、ヴィオちゃんに何か益ありますか？」

苛立ちなんてもんじゃない。ゴミか害虫を見るような、蔑みと解釈しても間違いではない、冷ややかを通り越して凍えるような視線がミラニアに突き刺さる。

身長差もあって、完全に見下されている構図だ。人によっては背筋が震えて動けなくなってもおかしくないくらいに、穏やかさの欠片《かけら》も無い。

ただ、ミラニアにとっては苦笑いで対応出来るレベルだけれど。ユランの発言が、あまりにも彼らしくて。


「そこでヴィオレット嬢が出てくる所とか、ほんと変わらないなぁ」


普通なら、自分の利益になるかどうかが重要なのではないだろうか。それが真っ先にヴィオレットの利益を口にする辺り、ユランの最優先事項は出会った当初から何一つ変わっていないらしい。

実際ユランは、仮令数パーセントでもヴィオレットの利益になる可能性が有るなら、自分にとって無価値か、それ以下の相手であろうとも笑顔で対応するだろう。


ヴィオレットの名を出した事が神経に障ったのか、険しい顔が更に厳しさを増す。

名前だけでこれなら、彼女の悪口を言ったら最後、骨も残らず塵《ちり》にされてしまいそうだが、意外な事にユランはその辺りについては寛大だ。ヴィオレットの耳に届かなければ、という条件が付くけれど。事実無根な罵詈雑言《ばりぞうごん》であっても、ヴィオレットが聞かなければ無罪放免。逆にヴィオレットの耳に届いてしまえば、それがどんなに低レベルな子供の悪口であっても許さない。

「雑談を続けるだけなら俺は先に戻りますけど。ヴィオちゃんに言われたから貴方の思惑に乗って差し上げましたが、本当なら貴方に付き合う義理はありませんので」

きっぱりと言い切る、その徹底ぶりはいっそ清々《すがすが》しい程だ。

ユランにとってヴィオレットがどれ程大切な存在なのかを再認識して、だからこそ疑問を感じる。

「そんなに大切な相手を、よくクローディアに近付けようと思ったね。君はあいつに、一切の好意も信頼も持っていないと思ってたけど」

かなり言葉を選んだが、要するにユランはクローディアが大っ嫌いなはずだと言いたいのだ。それこそ、嫌悪を通り越し憎悪する勢いで。

そんな相手に、溺愛し尽くしているヴィオレットを近付けるなんて、どういう風の吹き回しなのか。

大切な人を、自分の嫌いな相手に近付けるなんて、ヴィオレットへの愛が振り切れているユランのやる事とは思えない。

「関係ありません」

それは、ミラニアに説明する意味は無いという意味ではなく。

「俺の気持ちより、ヴィオちゃんの憂いを解消する方がずっと重要だ」

優先すべきは、己の気持ちよりヴィオレットの利益。彼女と天秤にかけて、ヴィオレットより重い物などユランの世界には存在し無い。

ユランがクローディアに抱く想いは確かに複雑怪奇だが、それがどうした。そんな物ヴィオレットの前に出れば有象無象《うぞうむぞう》と同じ。

「優先すべきはヴィオちゃんのテスト対策であって、それに一番適していたのが彼だったというだけです。それ以外の理由は必要ありません」

分かったならさっさと歩け、とでも言いたげな目線がミラニアを貫く。歩調が速くなった様に思うのも気のせいではないだろう。

背を向けて歩いてゆくユランに、ミラニアは無意識の内に体に入っていた力を抜く様に息を吐いた。呆れと、その想いの強さに尊敬に似た気持ちが渦巻く内心をどう表したものか。複雑、としか言いようがない気もする。

先を歩くユランの唇が動いた事には、気付く事は無い。

「俺はもう、あいつに彼女を譲るなんて愚を犯す気は無い」

忌々しいと、ありったけの憎しみがこもった声は、低く、誰の耳にも届かずに地に落ちた。

53. 声は届く

ユランとミラニアが図書室へ行くと出て行ってから、室内に残された自分達がどうなったのか。ヴィオレット限定で穏やかなユランと、博愛主義な所の有るミラニアが抜けて、残ったのはコミュニケーション能力の低いヴィオレットと、ヴィオレットへの対応に悩んでいるクローディアと来れば……。

「…………」

「…………」

そりゃあ気まずい。どちらがどうとか、何が悪いという訳でもないが、どことなく空気が重いしぎこちない。

(ユランと二人の時はどんな話してたっけ……)

元々ヴィオレットは口数の多いタイプではないから、ユランと二人でいる時も、基本的に相槌を打ったり、彼が振ってくれる話題に乗っかる事が多かった。

沈黙が流れる事も少なくはないけれど、一度も苦に思った事はなかった。自分は沈黙が平気なタイプなのかと思っていたけれど、どうやら相手によるらしい。

休憩という名目上、休まねばならないとはいえ、現状はあまり精神によろしくない。勉強している方が休まる気がしてきた、心が。

「……そういえば」

「っ、はい?」

まさか話しかけられるとは思っていなかったので、一瞬言葉に詰まってしまった。何とか領けたのでセーフだと思いたいが。

クローディアの視線は手に有るティーカップに落ちたまま。考えを巡らせているのか、少しずつ言葉を紡ぐのは自分と同じ様な気まずさを感じているからだろう。

「カルディナの茶葉を正式に取り入れる事になった」

「試用期間が終わったんですか？」

「時期が限られる事に難色を示す者もいたが、それ以上に味が良かったからな」

以前にヴィオレットが提案した茶葉の変更は、割とあっさり受け入れられた様だ。勿論最初はお試しで、だったが。権力を持つ者は新しい物を求めるのと同時に、新しい物を受け入れられない所が有る。とんでもない矛盾だが、大人になるとそれに気付く人は一気に減るせいか、未だに根強く、根絶の道は遠い。

学園という場所は柔軟な若い学生を相手にする為まだマシだけれど、それでも躊躇《ちゅうちょ》する者はいる。お試し期間を設けられた時も驚きだったが、まさか正式に導入されるとは。

「私はまだ行っていないのですが、サロンの利用者が増えたと聞きました」

「良い物を知るのは俺達にとって義務だからな。申請も通りやすかった」

どうやら生徒会としても満足出来る結果となったらしい。喜びを分かりやすく口にする事は無いが、それでもクローディアの口角は上がっているし、どことなく柔らかな雰囲気を感じた。

余計な口を挟んで仕事を増やしてしまった身としては、彼らの労働に伴った成果は喜ばしい。本来なら猫の手（仮）なヴィオレットの意見など突っぱねられてもおかしく無いのだから。

「ヴィオレットのおかげだ、ありがとう」

「いえ、私は何も……」

「でもよく知っていたな。試用を始める時に調べたが、カルディナの情報はほとんど出回っていないだろう」

「元々知名度の低い国ですからね」

地理を把握しているなら名前は知っていたり、クローディアの様に場所が分かる者もいるだろう。ただ、ほとんどはそこで止まる。

それ程特徴的な何かが有る訳でもない小国。名前を知っているだけでも大したものだとは思うが、だからこそヴィオレットがそれ以上の知識を有していた事が不思議らしい。

「家のシェフが、よく珍しい茶葉や食材を振る舞ってくれたので」

昔から……それこそ自分が生まれる前からヴァーハン家で働くベテランは、料理の腕は勿論、知識も豊富な人だ。食材選びにもこだわるし、オリジナルレシピの開発にも余念が無い。以前は食育にも熱心で。ヴィオレットは、沢山食べさせようとしてくる彼が苦手だった。

それがヴィオレットの事だけを考えた料理に変わったのは、ヴィオレットが『男の子』になり始めた頃。

食事の仕方から好みまで父と同じ物を要求され、涙目で必死に口を動かし、食物を胃に詰め込んでいくヴィオレットに、彼は己のすべき事に気が付いた。

食育など、している場合では無い。下手をすればヴィオレットはこのまま食事そのものを嫌いになってしまう。体が拒絶し始めるのも時間の問題だ。

そこからは、ヴィオレットの好みを知る為に、彼はあらゆる料理を作った。王道から珍味まで、時にはお菓子やお茶にも手を出して。ヴィオレットは既に美味《おい》しいという感覚が息絶えていた為、まずは少しでも食べて苦にならない物を、と。

少しずつ少しずつ、ヴィオレットの食の現状を変えて、今では好みだけでなく栄養バランスまで加味した献立を考えられる様になった。当時の影響で嫌いになってしまった物も多いが、嫌いと思えるなら改善は出来るだろう。

カルディナを知ったのは、そんな最中。

美味しいと聞けば何でも手に入れて試していた時、噂話《うわさばなし》でカルディナを知った彼は、勿論すぐにそれをヴィオレットに与えた。

「とても美味しくて、手に入ると真っ先に知らせてくれていたんです」

しかしそれも、父が戻ってきてしまった今ではもう無理だろう。

今までは金額を提示しても何に使うか気にされた事すらなかったが、それは実母が生きていたからだ。

母がいなくなり、父も共に住んでいる家でヴィオレットを優先する様な動きをしたらどんな結果を招くか……同じ物を要求されるだけならまだしも、十中八九ヴィオレットが責められた後、メアリージュンへ恩恵が移動するのが落ちだ。

ヴィオレットに仕える人間は、庇《かば》えばかえってヴィオレットに被害が行く事をよく理解している。だから何も出来ないし、ヴィオレット自身も望んでいない。

諦めてしまう方がずっと楽で平和だと知っている。だからあの日、口に出した提案を後悔したのに。

「まさか学園で飲める日が来るなんて……言ってみるものですね」

自分の言葉が、意見が、誰かの耳に届くなんて思わなかった。

小さな声は届かない。喚《わめ》いた所で、不快に思われて終わる。それでも必死になって、身体《からだ》中から溢れる想いを叫んではいたけれど。結局罪に問われるまで、その無意味さに気が付かなかった。

それが今は、自分の言葉を考え、飲み込んでくれる人がいる。かつて傷付け振り回したクローディアが、ヴィオレットの言葉に耳を傾けてくれた。

「お礼を言うのはこちらの方です。ありがとうございます」

ごめんなさいはもう言えない。後悔してもし切れない程の大罪を犯したけれど、それをクローディアに謝罪する機会を、自分は永遠に逃してしまった。

それならせめて感謝だけは、なんの躊躇《ためら》いもなく伝えたい。償いなんて大袈裟な事ではなく、ただ間違い続けたあの頃には歪んでいたあらゆる想いを、今なら正しく伝えられるはずだから。

「ッ、……では、お互い様という事に、する」

「え……」

「俺もお前の感謝を受け入れよう。だから……お前も、俺の感謝を受け取れ」

何処の暴君だと言いたくなる台詞《せりふ》だ。面食らっているヴィオレットの視線から逃れるように、ク

ローディアはむすりとした表情でそっぽを向いた。
髪の隙間から覗《のぞ》く耳は、綺麗《きれい》に赤く色付いている。

まさか、照れているのだろうか。

自分の目を疑いたくなったが、むっすりとした横顔は耳と同じくらい色付いているし、居心地が悪そうに目も泳ぎっぱなし。
眉間にはシワが寄っているけれど、不機嫌というより拗《す》ねている様に見える。
あまりに珍しい……というか、初めて見るその顔に、驚きで呆《ほう》けてしまったのは僅かの間で。それを過ぎれば、何とも微笑《ほほえ》ましく穏やかな感情が胸を埋めた。

「……っ、ふ」

「っ……!?」

「ふ、っふふ、ごめ、なさ……、っ」

堪えきれなくなった感情が噴き出しそうになって、口を押さえたけれど無意味だった。何とか噛み砕いてクスクスに留めてはみたけれど、驚いたクローディアの顔を見れば完全にバレている。謝る声まで震えてしまえば、説得力なんて有った物では無い。

「笑うな、阿呆《あほう》」

「は、い……っ」

「……ったく」

肩を震わせているヴィオレットに、折れたのはクローディアの方だった。初めは不愉快だと満面に主張していた顔から険が抜け、仕方がないとでも言いたげな苦笑が漏れる。

止める事を諦めたクローディアがカップに口を付けた時、カチャンとドアノブが回る音がした。

「ただい、ま……ヴィオレット嬢どうしたの？」

「……ヴィオちゃん？」

「……知らん、放っておけ」

片手で口を押さえてクスクス笑うヴィオレットと、呆れながらも楽しげなクローディアに、戻って来た二人は首を傾げるしかなかった。

54. 君の手なら、地獄に落ちても構わない

「今日はありがとうございました」

「大した事はしていない。ほとんど一人で解いていたしな」

「解説が有るのと無いのでは大違いですから」

勉強会が終了したのは、空が暗くなり始めた頃。切りの良い所で片付けを始めて、テーブルの上から筆記用具が消えた。

プリントを鞄《かばん》に収めて立ち上がったヴィオレットとユランは、まだ残るらしい二人に頭を下げた。いや、下げたのはヴィオレットだけで、ユランは仮面の様な笑顔を張り付けていただけだが。

「ミラ様も、お邪魔いたしました」

「気を付けて帰ってねぇ。ユランも、またね」

「お邪魔いたしました失礼します」

爽やかに微笑むミラニアの言葉を華麗にスルーしたユランは、息継ぎの無い早口でそう言った。表情は笑顔をキープしているが、完璧過ぎるアルカイックスマイルはただただ恐ろしいだけだ。

「それでは、失礼いたします」

最低限の挨拶を済まし、背を向けてしまったユランにヴィオレットも続く。扉を閉める前にもう一度だけ視線を送ると、目があったミラニアが手を振っているのは特に可笑《おか》しくないけれど。その後ろで、目線を逸らしたクローディアが肩まで上げた手のひらを軽く振っていたのは、何だか可笑しくて。

少し、嬉しかった。

※
※
※

「……ご機嫌だね」

「え？」

「ずっとニヤニヤしてる」

「……そんな事無いわ」

と言いつつ、頬を押さえてしまったのは不可抗力だ。言われると気になるのが人の性《さが》。普段が鉄仮面に近いヴィオレットなら尚《なお》の事、あまり締まりの無い顔をしていては頭の調子を疑われかねない。

だが幸い、ヴィオレットの表情に緩みは無い。いつもと変わらぬ、ミステリアスという名の無表情だ、余人にとっては。

それがユランには、ご機嫌な微笑みを浮かべている様に見えるらしいので、ユランに見えている世界の比重は如何《いか》なる場合もヴィオレット一択だ。

「……楽しかった、の」

「ユラン……？」

突然立ち止まったユランに、同じくヴィオレットの足も止まる。

何事かと振り返っても、俯《うつむ》きがちになったユランの表情は、目元が前髪で隠れていて分かりづらい。基本の表情が笑顔のユランは、ある意味で表情の変化に乏しい。ヴィオレットの前では分かりやすくなるとは言っても、一番物を言うのは黄金に輝く瞳だ。

そこを隠してしまうと、彼の内心は一気に窺い知れなくなる。

「どうかしたの？　早く行かないと門が閉まって……」

「ヴィオちゃん」

はっきりとした声が、ほんの少しの震えを伴って耳に届く。

いつだってその名を呼ぶ瞬間は幸福であるはずだった。キラキラ光る宝物を見せびらかす様に、弾んだ心を隠す事なく伝える様に、ユランにとってヴィオレットの愛称を呼べる事はこの上ない喜びで。

愛の告白と同じくらい、大切な言葉。

だからこそ、こんな言葉を繋げたくはなかった。

「クローディアと話せて、嬉《うれ》しかった？」

ヴィオレットが笑うなら、それだけで良かった。彼女の笑顔以上に尊い物など存在し無い。ユランにとってそれは不変の事実で、そこに例外はなく。

だから、ヴィオレットが楽しいなら、それ以上に重要な事など無い、はずだった。

クローディアの前で、堪えきれない笑みを浮かべるヴィオレットを見るまでは。

ヴィオレットが嬉しいならそれでいい。

ヴィオレットが笑うなら、それでいい。

相手が他の誰かなら……仮にミラニアだとしたなら、きっと許す事が出来た。高みから見下ろす様な心持ちで、ヴィオレットを喜ばせた事を誉めてやっても良いくらい。

でも、クローディアは、駄目だ。

あの男だけは、駄目なのだ。

「っ……」

ヴィオレットに喜んで欲しかった。彼女の力になりたかった。その為なら自分の気持ちなんてどうでもいい。

その想いは嘘《うそ》では無い。変わってもいない。

ヴィオレットが望むなら、今からだってクローディアの許《もと》に戻っても構わない。明日また同じ様に集まってもいい。

ヴィオレットの為なら、他の事はどうだっていいと、今でも変わらず宣言出来る。

だからこそ、今のユランはこんなにも揺らいでいる。

他の事ならどうでも良かった。他の人なら気にしなかった。仮令相手がクローディアでも、他の人となら道端の石ころ程度の興味もなかった。

ヴィオレットだから、ヴィオレットが笑ったから、こんなにも息苦しい。

ヴィオレットの笑顔一つで、天国に行く事が出来るから。その笑顔一つで、地獄に落ちる事だってある。

「俺……役に、立った?」

そしてヴィオレットが喜ぶなら、ユランは喜んで地獄を選ぶのだ。

55. 夢は幻想

寄せられた眉根と、力なく下がった眉尻、何かを我慢した様に結ばれた唇。
ゆらゆらゆら、揺らめく彼は、傷付いている様だった。目に涙の気配《けはい》はないけれど、乾いてひび割れた表面が剝がれ落ちて、泣いているみたい。

何が、彼をそうさせたのか。

「ユラン……？」

振り返った先で佇《たたず》むユランは、いつもみたいに柔らかな空気を纏《まと》ってはいなかった。雨上がりの路地裏みたいな、暗く澱んで、湿気と煙が籠った息苦しさ。

「俺……役に、立った？」

それでも、ボロボロになった仮面で、必死に笑おうとする。自ら首を絞めて、それでも言葉を紡いでいく姿は、泣いているのと、何が違うのだろう。

少なくともヴィオレットには、今にも崩れてしまいそうに見えた。

ユランが、壊れてしまうと思った。

「…………っ」

何か言わなければと思うのに、何を言えばいいのか分からない。傷付いている事は目に見えているのに、その傷を作った凶器を見つからない。

無理矢理《むりやり》に傷を押さえ付けて止血を試みる事も出来るけれど、果たしてそれに意味は有るのか。棘《とげ》が刺さった上から包帯を巻いて、膿《う》んでしまいはしないだろうか。

何をどう言えば、ユランに届くのだろうか。

「……嬉しかったわ」

「っ……」

ギリ、と音がしそうなくらいに噛み締めた唇は、きっともうすぐ歯の硬さに負ける。血が流れるのも時間の問題だ。

傷つけたくないと思っているのに、ユランにこんな顔をさせているのは自分なのだと、心の奥が潰れそうになる。人と真っ当に関わってこなかったから会話が上手《うま》く出来なくて、言葉の選び方が下手くそで。

伝えたい事を伝えるのは、こんなにも難しい。

「ユランが、私の為にしてくれた事が、嬉しかった」

今日という日が素晴らしいのは、ユランがもたらしてくれたチャンスのお陰。捗《はかど》ったテスト勉強も、意外な人の意外な一面も、何処か跳ねる足取りも、全てユランがくれたもの。

クローディアと自然に話せたのは確かに嬉しい事ではあるけれど、それは安心であって幸福とは少し違う。

嬉しいのも、楽しいのも、笑顔の源は全てユランなのに。

そんな悲しそうな、辛そうな顔で笑わないで。

「私の事を考えて、力になりたいと思ってくれたんでしょう?」

ありがとう。私の為を思ってくれて、力になりたいと、役に立ちたいと思ってくれて。

「ありがとう。ユランのお陰で、今日はいい夢が見られるわ」

どう言えば伝わるのか、今もよく分からない。こんな風に、何の打算もなく、ただヴィオレットの事だけを思い行動された経験があまりにも少ないから。

そしてそれに対して、お礼を言った事なんてなかったから。

自分の不幸に酔いしれて、可哀想《かわいそう》でいる事に精一杯で、思いやってくれる人を省みた事が無かった。

ありがとうの一言がこんなに軽い事だって。

ありがとうじゃ足りないのに。積もる想いも渦巻く考えも、全部全部詰め込みたいのに。五文字では余りにも少な過ぎるのに。

それでも、ありがとう以外の言葉が見つからないなんて、今日まで知りもしなかった。

「ありがとう」

ユランの正面に立って、その揺れる金色を見詰める。

きっとユラン自身はそんなに好きではない色。嫌いでなくとも、少しの疎ましさも感じ無いはずはない。一番を主張する様に輝く黄金を、ヴィオレットはもう一人知っている。

クローディア・アクルシス。

ヴィオレットの、王子様。彼なら救ってくれると夢を見た、初恋の人。

かつてのヴィオレットにとって、その黄金は彼の色だった。王子様の冠と同じ、光輝く頂点の色だった。それが所詮夢はただの夢で、ヴィオレット以外にとってはただの妄想であると知ったのは、あの日の牢《ろう》の中で。

「……やっぱり、綺麗ね」

「え――」

伸ばした手は、その頬に触れても避けられる事は無い。親指で目元をなぞれば、悲痛にひきつっていた頬が驚きに変わった。

綺麗な金色。太陽の色、太陽に焦がれる向日葵《ひまわり》の色。

誰もが惹《ひ》き付けられる、絶対的頂点の証《あかし》。

それを綺麗だと思っていた。クローディアが背負う王の金色を、求めていた。悲劇のヒロインになりたがった女の子は、手に入れる為に手段を選ばなかった。

馬鹿な女だった。自分の事なのに、心の底からそう思う。彼しか見ていなかった。彼の色しか、見えていなかった。己の視野の狭さに辟易する。

こんなにも近くにあったのに。手を伸ばしたら、受け入れてくれる人がいたのに。

こんなにも優しい、太陽の様な色だと、もっと早くに気付くべきだった。

「これは、ユランの色だわ」

56. 太陽みたいと誰かが言った

花笑み。花が咲いた様に華やかな笑顔。

でもそれは、いつもの薔薇《ばら》を連想させる物ではなく、小さな花が敷き詰められた花畑の様だった。

その笑顔が、頬を撫でる指の感触が、大切な記憶を呼び起こす。いつもは誰にも壊されない様、汚されない様、大切に、厳重に、しまい込んでいる物。

彼女と初めて会った時の、その一言。
綺麗だ――――そう、あの日の彼女も言ってくれた。

それまでは、大嫌いだった。

自分の生い立ちを嫌でも自覚させられる、周囲にも知らしめるこの目が、この色が。勝手に作って勝手に捨てて、振り回すだけでその責任を欠片も負わない、この国の王家が。

彼らの象徴である金色が、大嫌いだった。

※※※

『偽物だ』
『汚れた色だ』
『濁った色だ』

親達が口を噤《つぐ》む代わりとばかりに、幼い子供達はオブラートなんて破り捨てて向かってくる。人前で罵られるなんて当たり前、大勢に囲まれて手を上げられる事だって日常茶飯事。

妾《めかけ》が産んだ子供というだけなら問題なかったのに、この目を持って生まれた事で真逆になるのだから、人の常識とは脆《もろ》く拙い物だ。

父親の目の色を受け継いだ、そんな当たり前の遺伝的事実が、王族が関わった途端《とたん》に異常、異端と見なされるなんて。

父を嫌い、人を嫌い、いつの間にかこの国を嫌いになっていたのは、当然の流れだったのかもしれない。

唯一の救いは、自分を引き取った分家の夫婦は異端も異常も個性と捉えるおおらかな人だった事だろう。家でも蔑まれていたら、ユランの幼い心はあっという間に死んでいた。

それでも、その愛情を素直に受け取れなくなるくらいには傷付いたし、性根は曲がったまま今さら直りはしない。


ボロボロになりながらも何とか立っていた。


大人の不満を大義名分に掲げた怪物達は、あの手この手で這《は》いつくばらせようとする。奴等《やつら》の思い通りに泣きながら蹲《うずくま》ってしまったら、自分はありもしない罪で断罪されてしまう。民衆の期待を背負い魔王を退治する勇者にでもなったと錯覚している阿呆どもに、悪のレッテルを貼られ討伐されてしまう。彼らにとっての普通では無い、ただそれだけの理由で。

倒れたら、終わりだ。一度倒れたら、もう二度と立ち上がれない様に袋叩《ふくろだた》きにされる。

足に力を入れて、踏み締めて。

必死に抗《あらが》ってはみるけれど、受け身すら取れずに耐えるだけ。それが精一杯だから、反撃なんて出来る訳が無い。

負けるな、なんて無茶《むちゃ》なのだ。だってこれは勝負ではなく、一方的な蹂躙《じゅうりん》なのだから。

ただ耐えるしか出来無い。削られていく心を知っていても、回復方法なんて無い。

いつか、ストレスが満ちた時か、正気を失った時、この意地も終わるのだろう。ただ耐える事に一生懸命ではあったけれど、片隅では心が潰《つい》えて思考が止まるのを待っていた。

諦めていた。変わる事も、終わる事も、救われる事も無いのだと。

――全部浚《さら》ってくれる人がいるなんて、想像もしなかった。

「私は綺麗だと思うけどね」

その言葉を聞いたのは、いつだったか。ヴィオレットとの思い出は全て鮮明に覚えていたいし、その多くを実際に覚えているけれど、出会いの瞬間だけは朧気《おぼろげ》だ。諦めて、麻痺《まひ》して、色々な事を俯瞰《ふかん》でしか見られなくなっていた時期とはいえ、自分で自分に失望する。

ただ、その声が耳に届いた時の事、その瞬間だけは、写真の様に記録されて詳細まで覚えている。

短い髪に、一見すると男性の様な正装。木々と建物の陰になって薄暗い場所にありながら、僅かな光を背負って立つその姿は神聖な雰囲気すら感じさせた。

柔らかな笑みとは裏腹に、見下す様に高圧的な視線で場の全てを見渡していて、それまでユランを苛めていた勢いは何処に行ったのか、誰もが蛇に睨《にら》まれた蛙《かえる》だった。

「あぁ、突然話に割り込んですまない。声が聞こえたものだからつい、ね」

「ヴィオレット、様……どう、どうして……っ」

「声が聞こえた、と言っただろう？」

ヴィオレット様――ヴィオレット・レム・ヴァーハン様。

誰もがその名を知っている、ヴァーハン家のご令嬢。良くも悪くも、有名で目立つ人。

ユランが苦手意識を抱く要素のオンパレードの様な人。


しかし、彼女の登場に衝撃を受けたのはユランだけではなかったらしい。

さっきまではあんなにも自信満々な様子でユランを囲んでいた癖に、瞠目《どうもく》しながら口をパクパクさせている様は金魚に似ていて間抜けだと思えるくらいには、当事者であるはずのユランも何処《どこ》か思考が飛んでいた。この時の記憶が朧気なのはそのせいかもしれない。

目の前で起こっている事が、何処までも他人事《ひとごと》で。救われている真っ最中だったのだと気付いたのは随分後になってからだ。

でもその時は、ただただ時間が早く過ぎて欲しくて。身動《みじろ》ぎもせず、視線を下げて心を閉ざしていた。


「大丈夫か？」

ユランが聴覚を閉ざしたからではなく、実際に静まり返ったその場所で、ただ一人残った人は気遣う風でもなくそう言った。

手を差し出す訳でも無い。優しく労《いたわ》る訳でも無い。ただ本当に、疑問があったから問う、それだけ。

「…………」

「怪我《けが》をしているなら医務室に行った方がいい。生憎《あいにく》私には場所が分からないのだが」

黙り込んだユランに、返答を求める事を早々に諦めたらしい。一人で話し続けるその人は、ただただ異質だった。

他の人なら、ユランが返答しなかっただけで鬼の首でも取ったかの様に騒いだだろう。いやそれ以前に、ユランに話しかけようとする人間がいない。腫れ物扱いならまだマシで、身に覚えの無い侮辱をされる事だって多かったのに。

「……、嫌じゃない、の」

「ん？」

「僕の目、変だって、偽物だって……だから、見るのも嫌だって」

皆、そう言う。育ててくれた人がいくら肯定してくれても、見ず知らずの人から投げられる石の方がずっと強力で。姿を見せない相手に遠くから攻撃される、狙撃される方にとっては恐怖以外の何物でも無い。

そうやって、確実に積み重なっていたコンプレックス以上の嫌悪感。自分の体でなければ今すぐ抉《えぐ》り取ってしまいたい。その天秤も、いつ視力から嫌悪の方に傾く事か。

ユランという子供を捨てるなら、一緒にこの色も奪ってほしかった。
剝奪するなら、根刮《ねこそ》ぎむしりとって欲しかった。
奪われるくらいなら、いっそ殺して欲しかった。
死にたくなるくらいなら、産まれてきたくなんてなかった。

こんな色、欲しくなかった。

「偽物なんかじゃない」

「っ……」

力強い声に、肩が跳ねる。自己防衛本能で、声色に思わず反応してしまったけれど、怒られるのとは少し違う。

顔を上げると、睨み付けているかの様な強い眼光とかち合って。でもそれを怖いと思えなかったのは、その表情が泣きそうに見えたから。

睨んでいるからではなく、泣くのを耐えているから鋭いのだと、分かったから。

「人は自分以外にはなれない。誰かの偽物には、なれない」

ゆっくりと、言い聞かせる様に、言葉を紡いでいく。辛そうに、悲しそうに、喉を潰して血を吐くように、ずっと欲しかった言葉が降ってくる。

「君は、君という本物だ」

「っ、ぁ……」

気が付いたら、座り込んでいた。ヴィオレットが屈《かが》んで漸《ようや》く目線が合って、それで初めて自分の足に力が入っていないのだと知った。

「私は、ヴィオレット。君の名前は？」

「ぼ、く……ぼくは、」

言葉が途切《とぎ》れる。声が千切れる。

なまえ。名前。自分の名前。忘れた訳でもないのに、上手く紡ぐ事が出来ない。

偽物に名前なんてなかったから。ユランの名は、嘘の名前だったから。自分以外にとって、ユランは偽物の名称だったから。

弱い心の、一番大切で柔らかい所。これ以上傷付けたくなくて、汚されたくなくて、否定されたくなくて。音になる事を拒むように、喉の奥に引っ付いて離れない。

恐怖と警戒心が、小さなユランの小さな心を守ろうとする。勇気を持てるだけの余裕はとうに涸れてしまった。

どうしよう。どうすればいい。

焦れば焦る程、口は上手く回らなくて。いつまでも待たせては、また偽物に戻ってしまうのではないか。本物と言ってくれた目の前の人――ヴィオレットも、やっぱり偽物だと、思ってしまうのではないか。

泣きたくないのに、眼球が熱を持つ。どんな悪意にだって負けないと食い縛ってきたのに、その決意が今この瞬間に潰えてしまいそうだ。

悔しくて、辛くて、悲しくて。

溜《た》まった涙が溢れ落ちる、時。

「偽物なんかじゃない、君の名前を教えてくれ」

花が咲いた様に、彼女は笑った。

男の子の様に見える姿をしながら、男の子の様に聞こえる言葉を使いながら、彼女の笑顔は甘く優しく美しかった。

女の子は、砂糖とスパイスと、素敵《すてき》な何かでできている。

何処かで聞いたマザーグース。歌っていたのが誰なのか、もしかしたら産みの母だったかもしれないし、今の母かもしれない。

もうその声すら覚えてはいないけれど、記憶の片隅に残ったそのフレーズの意味を、この時初めて理解した。

その瞬間から、ユランにとってヴィオレットは、この世でただ一人の〝女の子〟になった。

「ゆら、ん……、ゆらん、くぐる、す」

「それじゃあ、ユラン。私はこれから食事をするつもりだが、一緒にどうかな？」

「っ、行っても、いい？」

「勿論。誘っているのは私の方だからね……ユランが嫌でなければ」

「嫌じゃない……っ、行くっ」

立ち上がり、先を行くヴィオレットを追いかける。同年代と比べても体の小さかったユランは歩くスピードも歩幅も違って、何度も距離が開いてしまったけど。

その度に、振り返って待っていてくれた。

恋を自覚したのは少し経《た》ってからで、当時はまるで姉を慕う弟の様に後ろを付いて回っていた。シスコンの度が過ぎていたとは思うが、無意識に恋心が溢れていたのだろう。

姉で、恩人で、女の子で、無意識下での初恋の人。

ただ傍《そば》にいたくて、とにかく一緒にいたくて、会う度に突撃しては引っ付き虫になっていた。笑って受け入れてくれるから、もっともっと傍にいたくなって、実際にべったりくっついて離れなかった。

好きで、大好きで、ユランの愛の形はヴィオレットだった。自分の愛を少しでも知って欲しくて、受け取って欲しくて、それしか見えていなかった。

『誰かの偽物には、なれない』

自分を救ったその言葉が、彼女を苦しめていただなんて、気が付きもしなかった。

57. 二つ

あの日から今日まで、ずっと傍で彼女を見てきた。ヴィオレットに救われた心を、余す事無く捧げたかった。

そして知ったのは、己の無知と無力だった。

救われた癖に、何も出来ない。ただ傍にいたい自分の感情だけを優先して、彼女に何もしてあげられない。

少しずつ、でも確実に歪んでいく。あの日見た美しさは損なわれず、逆にどんどん鋭くなっていって。成長すればする程否定されるヴィオレットが、時間と共に狂うのは必然だったのかもしれない。

支えたかった。救いたかった。

自分が、ヴィオレットを助けたかった。

でも彼女が望んだのは、ユランではなかった。

彼女の恋は、歪んだ先で見つけた唯一の希望だったのだろう。王子様なら自分を救ってくれると、歪んだヴィオレットに残った一欠片の純粋さ。お伽噺《とぎばなし》に憧れる女の子。

それでも、良かったのだ。ヴィオレットが救われるなら、それで幸せになれるなら、選んだ先に己がいない事など大した問題では無い。

歪んだ後も、ヴィオレットは変わらずユランを愛してくれた。そこだけは昔と変わらず、ただ真《ま》っ直《す》ぐに可愛がってくれた。

それだけでいいと、思っていたのに。

※※※

「ユラン……？」

ヴィオレットの掌《てのひら》に自分の手を重ねて包み込む。

離さない、離したくないと、繋ぎ止める様に。でもその意思は伝わらず、ヴィオレットはただ甘えるユランを受け入れるだけだった。そもそも離れたいという意思を持っていない相手にすがる意味はないのだ。

行動は受け入れられる。ただ感情だけが擦れ違う。

この想いがバレる訳にはいかないのに、今はまだ、弟でいなければいけないと理解しているのに。ヴィオレットにとっての最善を選ぶなんて、ユランにとっては呼吸と同じ事だけど。息をするのも辛い事は、確かに存在する。

「どうしたの……？」

「何でも……何でも、ないよ」

「…………」

どう見ても大丈夫ではないユランの様子に、訝しげな視線を向けるヴィオレットだが、彼女がそれ以上突っ込んで訊《き》いてくる事は無い。

今のユランに対して、心配を盾にした勘繰りは逆効果だと判断したのだろう。その判断は正しいし、仮に問われたとしてもユランには答えられない。

今ユランが抱いている想いは、ヴィオレットにしか伝えたくない想いであり、ヴィオレットにだけは絶対に知られたくない感情だから。

「行こう、ヴィオちゃん。遅くなるとマリンさんが心配しちゃう」

「そう、ね……」

「お腹《なか》も空《す》いてきたしねぇ」

「ユランは休憩中、何も食べなかったものね」

「買ってきたの、甘いのばっかでさ。ヴィオちゃんの選んでたら自分の忘れてたのー」

軽口を投げ合いながらも、ユランの心には鬱屈した何かが残ったまま。
ヴィオレットの隣で歩く幸せに身を任せているはずなのに、何処かこの光景を後ろから眺めている気にもなる。

ユランは、自分の中に心という機関が二つ存在している事を知っていた。

二重人格とか、そういう類いではなく。ヴィオレットの為だけに使う心臓と、その奥にもう一つの意思が有る。

いかなる場面でも、優先すべきは心臓である。もう一つの心は言わばその他大勢に対する想いを詰め込む為の物置でしかない。仮に物置が潰えても、ユランは何の支障もなく生きて行ける。

それでも、確かに存在するそれは、存在するが故にユランの意思を持っていた。そしてユランの中に有る以上、ヴィオレットへの愛が反映されていない場所は無い。

乱雑に、適当に詰め込まれた物置の中で、その愛は主張する。ヴィオレットではなく、持ち主であるユランを第一に優先し、尊重する。

二人きりだったら良かったのに。

この世に、自分とヴィオレットの、二人だけだったら良かったのに。

そうであれば、彼女が他の誰かを好きになる瞬間なんて、永遠に知らずに済んだのに。

58．頑張ったね

自宅はこの世界の何処よりも気を張る場所だが、それでもヴィオレットが息を吐けるのは自室しかない。それも親族の誰かが訪ねて来たら崩れてしまう程度の脆い場所ではあるけれど。

「お勉強ですか？」

「ええ、ちょっと復習をね」

夕飯さえ終えれば後は自由時間。家族団欒《だんらん》が無い代わりと言ってはなんだが、ヴィオレットにとってはありがたい時間だった。欠片の愛情も無いのなら、放っておかれた方が楽なのだと、気が付いたのは最近だが。

メアリージュンと比べられ、蔑まれる事にも慣れてしまえば、この時間をウジウジ悩んだり悲しんだりせずに有効活用出来る。

「そういえば本日もお帰りが遅かった様ですが……」

「テスト期間だもの。家より学園の方が集中出来るから」

生活している人数に対して広過ぎる自宅には、小さな本屋さんが開けそうな蔵書数を誇る図書室も有る。テスト勉強には持ってこいの場所なのだが……父の使用頻度が高い事が唯一にして最大の難点だった。

もし鉢合わせでもすれば、どんな理不尽かつ傲慢なクレームをぶつけさられる事か。考えても辟易するだけなのに、いとも簡単に想像が出来てしまう。

「ユランもいるし、しばらくは今日くらいの時間になると思う」

「畏《かしこ》まりました。では明日から、復習の時に摘まめるお夜食をご用意しますね」

「あら、ありがとう。太ってしまうから、量は少しでお願いね？」

「それは私ではなくシェフの方に言ってください」

ヴァーハン家の使用人……前妻の頃から仕える人達は皆、ヴィオレットを甘やかす機会を常に窺っている節が有る。
雇い主の機嫌を損ねる訳にもいかないし、下手にメアリージュンではなくヴィオレットを贔屓《ひいき》しているなんて知られれば、そのしわ寄せを食らうのはヴィオレットだから、決して表立ってではないけれど。

ヴィオレットにお菓子を作ったら、メアリージュンの方が少し量を多くして。ヴィオレットのドレスを洗濯したら、メアリージュンのはより多くの枚数を。ヴィオレットにだけプレゼントを用意したら、絶対に誰にもバレない様に偽装に偽装を重ねて。
やり過ぎに思える程慎重に、無駄に思える程丁寧に。万が一にも露呈すれば、自分達使用人ではなく、ヴィオレットが罰せられるのだ。

そんな気を張る日々の中で、テスト勉強にかこつけたお菓子のプレゼントは体の良い言い訳だ。メアリージュンの分も作れば、それだけで誤魔化せる。
ヴィオレットの好物だけで揃《そろ》えても、絶対に気付かれる事は無い。あの父親はヴィオレットが好む物なんて一つも知りはしないのだから。

「皆の気持ちは嬉しいけれど……ほどほどにしてくれないと食べきれないわ」

「それはそれで喜ばれますよ、きっと」

「私は心苦しいのよ？」

「ヴィオレット様がそうして心を動かしてくれる事が、私達にはとても嬉しい事なので」

「もう……」

呆れた体《てい》をとってはいるが、本当は嬉しいのだと、マリンも、他の使用人達も皆気が付いている。歪んだヴィオレットが素直でない事は、そうなる過程から見てきて知っているのだ。ヴィオレットが本気で嫌がって癇癪《かんしゃく》でも起こさない限り、その優しさが伝わっていない事を心配する必要は無い。

「……それでは、ホットミルクをご用意しますね」

「え？」

「先程から同じ所でペンが止まっていらっしゃいますし、目を擦っていらしたのも知っています。

本日はもうお休みになられた方がよろしいかと」

「……見てたの」

「お疲れなのでしょう。今回はいつも以上に張り切っていらっしゃるように見えますし……あまり根を詰めるとお体に良くありません」

「そうね……少し、焦っているのかもしれないわ」

ヴィオレットはメアリージュンが来た事による弊害を覚えているから躍起になっているけれど、マリンにとっては昨年とは大違いのテスト勉強っぷりに違和感を覚えるのだろう。

父と同じ学力を求められていた時もそれなりに苦労はしていたが、高等部に上がった時には既に偽物生活も終了していた。

それと、もう一つ。こうして熱を入れて勉強をしている理由は。

「折角、色々な人が手を貸してくれているから。自分も出来るだけの事をしたいなと、思って」

以前はユランの手さえ借りずに一人で突っ走り、それでもメアリージュンに勝つ事は出来なかった。あの頃の事を思えば、今回は比べ物にならない程恵まれている。
闇雲ではなく過去問から割り出したヤマもあり、それだけで以前よりもずっと良い結果が期待出来るけれど。

だからこそ、この恩恵に報いたいと思うのは、潰えてしまうのが恐ろしいから。

協力してくれた彼らにはもちろん感謝しているけれど、きっとそれが一番の理由ではない。
何より恐ろしいのは、この現状に甘え、胡座《あぐら》を掻いた時、この優しい全てを奪われはしないだろうかという恐怖だ。

また堕《お》ちてしまうかもしれないという、自分自身への不信感。

「……ヴィオレット様が頑張っている事は、私が保証します。貴方は、やり過ぎなくらい頑張ってしまう」

母の望み通りになりたいと頑張って、父の愛を期待して、良い子でいようと頑張って、王子に選ばれたいと頑張って。
頑張って、頑張って、頑張って……頑張るだけ歪んでいった。

そして前回は、歪んだまま頑張って終わりを迎えた。

マリンには、今のヴィオレットがまるで歪み切る前の彼女に見えた。まさか一度失敗して戻ってきたとは思いもしないが、それでもマリンの愛するヴィオレットが、その心が、生きている。

今ならまだ間に合う。彼女を、死なせずに済む、と。本能が警鐘を鳴らすのだ。

「頑張り過ぎる貴方を休ませるのは、私の仕事です。時には引っ張ってでも、止めてみせますから」

「……ありがとう」

「どういたしまして。なので私が実力行使に出る前に、お休み頂けると助かるのですが？」

「ふふ、分かったわ。今日はここまでにします」

「ではお着替えを」

「一人で大丈夫よ。それより……ホットミルク、蜂蜜たっぷりでお願いね」

「……はい、少々お待ちください」

マリンを下がらせて、寝室へ向かう。寝間着《ねまき》に着替えてから、適当に纏めていた髪を解《ほど》いた。変な癖がついてしまっているだろうけれど、それは後でマリンに直してもらえば良い。

「ふぁ……」

柔らかな布団に腰を下ろすと、脳が微睡《まどろ》んでいくのが分かった。つい欠伸《あくび》が出てしまったけれど、今は誰もいないのだから構わないだろう。

乾きに焦っていた土壌が、突然満たされた様な気分。ふわふわ浮かぶそれは眠気によく似ている。

「……頑張って、たの」

それは、ちゃんと知っていた、はずだった。自分は頑張っていると、自覚していた。頑張っていると主張した事も、有ったはずなのに。

マリンに言われて、初めて自分は頑張っていたのだと。ちゃんと、頑張れていたのだと知った気がした。

「そっか……頑張ってるんだ、私」

その事に、何故だかとてもホッとした。全身から力が抜けて、身を任せると背中がベッドに沈む。

涙が出そうだ。

馬鹿げているかもしれないけれど、大袈裟かもしれないけれど、心に広がる安堵《あんど》はそれ程に大きかった。

「良かった……良かっ、た……っ」

誰にも誉めては貰えなかったから。誰にも肯定しては貰えなかったから。両親には、否定しかされなかったから。

頑張れていないんだと思っていた。頑張っていると叫びながら、心の何処かで足りないんじゃないかって。自分のしている事は、頑張っているとは言えないんじゃないかって。

怖かったのかもしれない。でも、それを認めたくないから、頑張っているって怒鳴って、無理矢理にでも肯定してもらおうとして。

誰かに、誉めて欲しかった。

頑張ったね、偉いねって、一度でいいから、言って欲しかった。

もう休んでいいよって、それだけで、ヴィオレットは留《とど》まる事が出来たのに。

「がんばった……わたし、ちゃんと、がんばったの」

涙なのか、眠気なのか、霞《かすみ》がかった頭ではもう自分が何を言っているのかも分からない。ただずっと、壊れたラジオの様に、同じ事を呟いていた。

いつの間にか眠っていた事……疲れて眠ってしまった事に気が付いたのは、マリンが朝の挨拶に来た時だった。

59. 保護と干渉、過ぎればそれは

「クローディア様、こちらはどうすればいいのですか？」

「あぁ、そこは――」

目の前で仲睦《なかむつ》まじく話す二人は、互いの容姿の良さもあってまるで違和感が無い。王子様とお姫様が寄り添い合う光景はおとぎ話さながら。

ヴィオレットにとっては、既に見慣れている光景でも有る。

※※※

話は、前日の朝に遡《さかのぼ》る。

いつもと同じ一人だけが取り残された家族団欒《だんらん》。全ての感覚を朝食を美味しく頂く事に注ぎ、やり過ごすその時間が、この日は少々異なった。

「そういえばお姉様、放課後お勉強会をなさってるって本当ですか？」

「ッ……、ええ、まぁ」

突然話を振られて、飲み込もうとしていたリゾットが気管を刺激したらしい。噛まずに飲み込んでも問題無い料理だというのに、メアリージュンに話し掛けられる事は、自分にとってそれだけ動揺する事態なのだろう。

何より、彼女の口にした内容が問題だった。

「私もテストが有るって知ってから図書室で勉強してるんですけど、会う事がなかったので、どうしてるのかなって不思議だったんです。そしたらこの間、お姉様がユラン君やクローディア様達と一緒に勉強してるって噂を聞いて」

「そう、だったの……」

体温と、さっきまで敏感に働いていた味覚が一気に失われていく。逆に聴覚が過敏になっているようで、メアリージュンの言葉が一語一句はっきりと耳に届いていた。いっそ耳を塞いでしまいたいなんて、何度となく思っているけれど実行出来た事は無い。

自分達の事が噂になっている事自体は、特別驚く話では無い。

クローディアは元々学園中の注目を集める人物だし、ヴィオレットも目立つ存在だ。そしてヴィオレットがクローディアを慕っているというのもそれなりに広まっている事実。

この二人だけでも目立つというのに、そこに普段ならばクローディアと共にいるなんてあり得ないユランまでもが加わるとなると……人間の野次馬《やじうま》根性は大いに刺激されるだろう。

だから、驚くような事では無い。

驚くような事ではないが……今ここで話題にされたくはなかった。

「友達と一緒に勉強すると楽しいですよね！　分からない所を教え合ったり出来ますし、休憩の時にお喋《しゃべ》りしたりとか！」

その言葉には何の他意も無い。ただ噂を聞いたから話題にして、本当に楽しそうだと思ったからそう言った、だけ。

そこには何の欲もなく、羨む気持ちがあった訳でもないのだろう。箱庭で育った彼女の純粋さは遠回しに察してもらおうなんて思わず、望んだ事を望んだままに口にするはずだから。

だから、メアリージュンが自分も参加したいと口にしなかったという事は、そういう事なのだと分かっている。

ただ、彼女は知らなかった。自分の望む以上の保護と助力を与えようとする存在がいる事を。


「——メアリージュンも、今日から参加するといい」

「え……?」

「家で一人机に向かうよりも、きっと捗《はかど》るだろう。クローディア様は優秀な方だし、力になってもらうといい」


……正直、予想通りの展開だった。メアリージュンの発言から、過保護で盲目な父がどんな行動に出るかなんて、簡単に想像出来る。

きょとんと首を傾《かし》げたメアリージュンに向ける父の視線は柔らかく、ただただ愛情に満ちていた。

そこだけを切り取って見たならば、娘を愛する良い父親だったのかもしれない。

ただ一つ、この男の発言が誰の了承も取っていないという事を除けば、だけど。

「待って下さい。勉強会に参加するとしても、クローディア様達に確認を取ってからでないと――」

「メアリージュンは初めてのテストなのだぞ。姉のお前が力になってやらなくてどうする」

メアリージュンに向けていた慈愛の目が、軽蔑に変わって突き刺さる。

ヴィオレットだけが何かの恩恵を受ける事がどこまでも許せないのだと、いっそ清々しい程に了見が狭い。仕事の場ではいくらでも理性的になれるというのに、家族……妻とメアリージュンの事になると、世界の中心が自分達であると信じて疑わない。

メアリージュンの幸福の為なら、ヴィオレットが犠牲になって当然という思想を隠そうともしない。

「自分が良ければそれで良いという考えは捨てろと、前にも言わなかったか」

「……そう、ですね」

言われただろうか。言われたかもしれない。メアリージュンの為にあらゆる物を捧げろと、言われた気がする。

握り締めた手のひらが熱い。骨が軋《きし》む。プツン、と何かが切れる様な感覚があったけれど、そんな事気にもならなかった。
今食べた物が口から出てしまいそうだ。不快感から来る吐き気に、多分これ以上は食べられない。折角ヴィオレットの為に用意してくれたのに、残すのは申し訳ないが、今はそれを気にしている余裕もなかった。

「……分かりました、クローディア様達に尋ねておきます」

拒否した所で、この男は自分の理不尽さに気付きはしないだろう。ヴィオレットを悪者にする理由を探すのは得意な癖に、自分の行動が如何に身勝手なのかは気付きもしない。

だから頷いた。拒否はしない、と。

そんなヴィオレットを鼻で笑う様に見下した男は、もう満足してしまったのだろう。メアリージュンの為になるという事実だけで、彼は自分を正義だと思える。
何とも、おめでたい頭だ。

「ですが、今日は無理です」

「……何」

一度は離れた視線が、再びヴィオレットへと注がれる。軽蔑の色は薄まり、代わりに苛立ちが濃くなったそれを、ヴィオレットはただただ冷めた目で見詰めた。

「私一人で勝手に判断出来る事ではありません。一緒に勉強しているメンバーにもきちんと話して了承を得ませんと……私だけが良いという考えではいけませんから」

ドタキャンが非常識であるならば、逆もまた然《しか》り。減るのはダメで増えるのは良い、なんてどうして言えるのか。大は小を兼ねるというけれど、大小と増減は似ているようで違う。

何より勉強会と言う時点で、それはヴィオレット一人の物ではない。一つの集まりで共有すべき事、相談すべき事を怠るのは非常識極まりない。

ヴィオレット一人で決めていい事ではない……頭からぶっかけられた屁理屈を、そっくりそのままお返しさせてもらおう。

「っ、お前は──」

「すみません、体調が優れませんのでお先に失礼いたします」

苛立ちが怒りに変わったのを肌で感じて、膨れ上がったそれが破裂する前に立ち上がる。挨拶ではなく、退席の報告をして背を向けた。

遮った言葉の続きは——興味が無い。
どんな主張であろうとも、理解など出来るはずが無いのだから。

60. 沈殿

その日の放課後、クローディア達にはきちんとメアリージュンの事を話し、了承を得た。

出来る事なら断られた事にしてやりたかったが、そんな事をしたら朝の反論も含めて、父に自分を叱る理由を与えるだけだ。そして父が勝手に決めた事とはいえ、あの男はヴィオレットが約束を違《たが》えたと認識するに決まっている。そもそも断られるという可能性を想像していない。

勿論彼らが少しでも躊躇うそぶりを見せたら、その時点で撤回するつもりだった。父の不評は買うだろうが、そんなもの今更だ。元々自分が原因で巻き込む形になってしまったのだから、小言も説教も、受け入れるつもりだった。

幸いにも、クローディアを筆頭に皆快く了承してくれたのだが……それはそれで複雑な気持ちになる。断られても面倒《めんどう》はあったが、受け入れられたら、それはそれでメアリージュンと共にお勉強をしなければならない。どちらに転んでもヴィオレットに利益が無いとは……慣れてしまっている自分が恐ろしい。

「ヴィオちゃん、疲れてない？　休憩にしようか」

「大丈夫よ。まだ始めたばかりだし……ありがとう」

クローディアとメアリージュンが目の前で仲睦まじく話しているせいか、先程からユランはずっと心配そうにそわそわしている。

それが自分を気遣ってである事は分かっているし、実際過去のヴィオレットなら、近寄った二人を真ん中から引き離してメアリージュンを怒鳴り付けるくらいはしただろう。

未来を見てきた今では、そんな真似して自らの首を絞める愚かさを理解している。クローディアに対する想いが変化しているせいか、嫉妬心なんて欠片も芽生えては来ない。

「すみません、ミラ様。これで正解ですか？」

「ん？　どれ……あぁ、うん。大丈夫、あってるよ」

「ありがとうございます」

ミラニアがいるお陰で、勉強の質問でクローディアに話し掛ける必要は無い。勿論、能力的にはクローディアの方が上ではあるのだけれど、元々ヴィオレット自身もそれなりに優秀だ。天才であるメアリージュンがいる事で無能の烙印《らくいん》を押し付けられてはいるけれど。

「……ヴィオちゃん、やっぱり休憩にしようよ。俺疲れちゃった」

「え……」

「外の空気吸いに行こうよ……ね？」

「……仕方がないわね」

「やったっ」

「ミラ様はどうなさいますか？」

「俺は……遠慮しておくよ。クローディア達には俺から言っておくから」

集中している二人には、こちらの話は届いていないらしい。

クローディアもそうだが、メアリージュンも天才だ。年齢は違えど、優秀な人材が寄ればそれだけ建設的な意見交換が出来る。

「……ありがとうございます。行こう、ヴィオちゃん」

「え、えぇ……」

何となくピリッとした空気がミラニアとユランの間に流れた気がしたけれど、気のせいだったのだろうか。ミラニアの微笑みは変わらないし、何よりこの二人の間には親しみもないと同時に蟠《わだかま》りもない……はずだ。

ユランに促されるまま、生徒会室を出た。

それだけで何となく肩から力が抜ける。メアリージュンと同じ空間にいると、どうしても朝食の席を思い出して気持ちが沈んでしまうらしい。ヴィオレットにとって、メアリージュンはどうしても父を連想してしまうから。見た目は自分の方が似ているというのに……父の愛が常にメアリージュンを囲っている様に感じるからだろうか。

「あちゃぁ……雨酷《ひど》いねぇ」

中庭を渡る外廊下から空を見る。夜の黒より淡く、晴天の青は見る影も無い灰色の空。降り注ぐ雫《しずく》が視界を霞ませて、いつもならば先の先まで見渡せるはずなのに、今はボヤけて少し先も朧気だ。

その空が、自分の髪の色に似ていると思う。

曇天の世界は嫌われる。それが、ヴィオレットという存在に重なって。


雨は、曇天は、嫌いだ。


「恵みの雨、ってやつだね」

ふふ、と笑って手のひらで雫を受け止める。渡り廊下の屋根をすり抜けてユランの前髪を濡《ぬ》らす雨にも嫌がる様子はなく、子供の様な笑顔は楽しそうにすら見えた。

「ユランは雨が好きなのね」

「うーん、考えた事無いけど……でも雨の日のちょっと暗い空とか、音とか匂いは好きかなぁ。何だか世界が洗われて、新品になっていく感じがして……どうせなら一緒に虹が見られると良いんだけど」

ユランはただ、雨の話をしているだけ。それなのにまるで自分を肯定されている様に聞こえるの

は、ヴィオレット自身がそう望んでいるからだろうか。
あまりにも優しい顔で微笑んでいるから、そんな夢を見たくなったのだろうか。

「雨、上がりそうにないわよ」

「それはそれで、世界に二人だけみたいで嬉しいよ？」

降り注ぐ雨音が遠くからの音を遮って、隣にいるユランの呼吸しか聞こえない。広い校舎の中にはまだ沢山の人が残っているはずなのに、雨がその気配を消している。
世界に二人だけとは……まさにその通りだ。
誰もいない、ヴィオレットを否定する人が一人もいない世界。ユランだけが側《そば》に佇《たたず》んでる世界は、きっととても心地良いけれど。
それはきっと、ヴィオレットの為の世界でしかなくて。

「私と二人なんて、詰まらないだけでしょう」

ヴィオレットだけが安らげる、そこにユランの気持ちは有るのだろうか。自分が安心する為だけに、ユランを犠牲にする世界では、ないだろうか。

俯いた顔にかかる髪は、世界と同じ曇天の色。暗い場所ではより暗く、明るい場所でも鈍く色付くそれを、大きな手が取っ払う。

くすぐる様に耳を掠《かす》めて、開かれた視界に、雨の中の太陽を見た。


「――世界で、一番幸せだよ」


眩《まぶ》しさに目を細める様に。願望に、手を伸ばす様に。柔らかさよりも、美しさが勝る笑顔は、ヴィオレットが初めて見るユランの一面だった。

目元がほんのり染まって、眼球は艶やかさを増している。幸福を噛み締める姿は、子供であって大人だった。摑めない夢を見る幼さと、摑めない夢だと割り切れるくらいには現実を知っている。

ただの仮定。絶対に叶《かな》わない想像。世界に二人切りなんて、実現する日の来ない夢物語。

それでも、ユランにとってはこの上ない理想郷。


「…………」


葉の上で弾《はじ》けた雨水の様な瞳が、驚きに大きく見開かれる。ユランの発言があまりに意外だったのか、その内に含まれた多くの意味を測りかねている様だった。

その姿に、ユランは内心で自分のラインを塗り替える。

ヴィオレットの中での自分を、少しずつ変えていく為に。最終地点は決まっている、今はまだ弟分の立場に甘んじるべきだ。しかしそこに固執していては、いざという時にヴィオレットはユランの庇護《ひご》を受け入れてくれなくなってしまう。
弟の中に男としての想いを混ぜて、少しずつ少しずつ。ヴィオレットに気付かれない、少しの違和感だけを残して忘れてしまうくらいの欠片を。
積もらせていく。ヴィオレットの中に、満たしていく。
いつか、全てが調ったその時に。積もり積もったユランの想いが、ヴィオレットの身体中を巡ればいい。

——そしてまだ、『その時』ではない。

「まぁその幸せも、サロンに戻ったら解けちゃうんだけどねー」

口調を軽くして、表情も意図的に変える。柔らかく優しく幼く、幸いユランの顔の作りを以《も》てすれば簡単な事だ。
両手を組んで、ぐっと上に伸びる。長身で、足の長いユランにとっては、一般的には使いやすい家具でも少々窮屈に感じてしまう。縮こまっている自覚はなかったが、思ったよりも体の筋が凝っていたらしい。

「そろそろ戻ろっか。あんまり長居してると体冷えちゃいそうだし」

「あ……そう、ね」

「……まだ、戻りたくない？　だったら他の、図書室とか」

歯切れの悪い返事に、ユランが真っ先に心配したのは、クローディアと、共にいるメアリージュンの事だ。二人が一緒にいるのを見るのが辛いのか、それともメアリージュン単体かは分からないが、いずれにしてもヴィオレットが戻りたくないなら、ユランの取る行動は決まっている。

ここでは雨風の影響も有るが、室内であれば何も問題はない。

「違っ、……違、うわ、そうじゃなくて……」

「……？」

図書室、サロン、ここから一番近くて生徒会室から出来れば遠い方がいいだろうか……そんな思考を打ち止めたのは、何処か焦った様子の声だった。

「違うの、私……ユランに、謝りたく、て」

61. 不変の供給

「……ん？」

謝る、謝罪、何かを詫《わ》びる気持ち。三秒で判断出来る簡単な言葉だが、ユランには全く心当たりがない。

言い淀《よど》んでいる所を見ると、ヴィオレット自身も考えが纏まっていないらしい。視線をさ迷わせて、指先に力が入っている。毅然とした態度を崩す事の少ない彼女には珍しい。

「えっと……俺、何かされたっけ？」

「された、というか……」

上手く説明出来ず、言葉が途切れた所で、ヴィオレットは自分の発言を後悔した。

ヴィオレットが謝罪したかったのは、メアリージュンを参加させた事……延《ひ》いては先日の父の発言。

あの日感じたのは、ユランが自分の為にしてくれた事なのに、という意味での怒りだった。ユランとクローディアの関係を知っているから、容易に想像出来る。いくらヴィオレットの為とはいえ、クローディアに頼み事をするのにはきっといろんな葛藤があったはずだ。だからこそ嬉しかったし、その想いに報いたいと思った。

ユランの想いも、ヴィオレットの感謝も、あの男は欠片も慮《おもんぱか》らず、己の望みを言葉一つで叶えようとするのかと。

自分に対する言葉なら黙っていられるのに、思わず反論してしまうくらいには許せなかった。ヴィオレットだけでなく、ユランの事まで軽んじられた様に感じた。

その時の怒りが、ユランを前にしたら罪悪感に姿を変えて。

謝りたいと思った。あんな事を言わせて、姉という立場に巻き込んで、その心を踏みにじらせた事を。

自分の言葉になんの責任も持っていない父の非礼を、詫びたかった。

ただそれを口にしようとした途端、自分の考えの足りなさを後悔した。

「え、っと……メアリージュンの、事で……」

「あぁ……別に大丈夫だよ？　教えてるのは俺じゃないし」

「あぁ、うん……そう、よね……」

ユランならそう言うだろう。想像した通りの答えだけれど、起こった事を説明出来ない以上、その言葉に満足する事は出来ない。

考えなしに自分の罪悪感を優先したが、そもそもユランは父の発言なんて知るよしも無いのだ。仮にメアリージュンの口から何か語られたとして、彼女は父の発言を百パーセント親の愛情、善意だと思い込んでいる。そんな主観では、何一つ正しくは伝わらない。ヴィオレットの感じた不快感も、罪悪感も、謝りたい思った道筋も、届く事は無い。

ならば、わざわざ伝えて不快にさせる必要なんて無い。

幸いユランはヴィオレットの異変には気付いていても言いたかった事は何も伝わっていない様で。誤魔化せば、きっと彼はこれ以上聞いては来ないだろう。

「ユランがいいなら、良いの。突然人を増やしたから、少し気になっただけ」

自分は、上手く笑えているだろうか。口角は上がっているけれど、それだけでは笑顔に程遠い。表情全体が見えない様にと、出来るだけ俯いた。前髪の隙間から見える程度なら、不格好な笑顔もマシになるんじゃないかって。

「……引き留めてごめんなさい。そろそろ戻らないと、折角の勉強会が休憩だけで終わってしまうわね」

サロンを出てからどれくらい経っただろうか。あまり長く席を空けていたら、折角の勉強会が無駄になってしまう。万が一心配でも掛けよう物なら、あの優しい異母妹がどんな面倒なフラグを立てるか、正直想像するだけで面倒臭い。

軽くユランの腕に触れて帰路を促した。そのまま隣をすり抜けて、背中を向けてしまえば、どんな表情をしていてもバレない。

「っ……!?」

離れようとしたヴィオレットの手が、一回り以上大きな温《ぬく》もりに引き留められる。重心が傾いて倒れそうになった体を軽い力で引き寄せられて、後頭部が、硬いけれど温かい何かに触れた。

ぽふん、と空気が抜ける様な優しさで、ヴィオレットの背後を支えるのが何なのか。仰ぎ見るよりも先に声が降ってくる。

「大丈夫……大丈夫だよ、俺は」

「…………」

抱き締められている訳ではない。腰に腕を回す訳でも、引き寄せて全身を密着させる訳でも。すがり付く訳でもなく。

ただ、ほんの少し触れるだけ。ほんの僅かな体温を交換して、伝えるだけ。

「俺はね、ヴィオちゃんが思ってるよりも図太《ずぶと》いんだ。ヴィオちゃんが思うよりずっと、傷付かないんだよ」

昔、傷付いて死にそうだった幼いユランはもういない。ヴィオレットに救われた日から、ユランの心はずっと強固になった。弟の様に可愛がってくれるヴィオレットに甘えていたのは事実だが、逆を言えば周囲の目も気にせずに甘えられる程度には図太くなったという事で。

有象無象共の印象も、言葉も、どうだって良い。

ヴィオレットが良いなら、許してくれるなら、受け入れてくれるなら、別にいい。他の全ては、どうだって良い。

「俺は大丈夫。心配してくれてありがとう」

ヴィオレットが何を考え、何を気にしているのか、全てを察した訳ではない。むしろほとんど分かっていない。

ただ彼女が、異母妹の事で自分に何かしらの負い目を感じているという事だけは理解した。

何も気にしなくていいのに。何も、思わなくていいのに。ユランにとってメアリージュンは、道端の石ころ程度の価値もないのだから。

ヴィオレットに不利益が被るなら、石ころでも抹消したくなる過激な思想を持っているけれど、ヴィオレットを抜いて考えた時のメアリージュンに、ユランは欠片の興味も関心もない。今日に至っては、メアリージュンに付いているお陰でヴィオレットとクローディアのツーショットを見ずに済んでいるくらいだ。

「俺は元々ヴィオちゃんと一緒に勉強が出来ればそれでいいし、他に人が増えても減っても関係無いからねぇ」

黙って俯いているヴィオレットに、軽い口調でおどけて見せるけれど、歴《れっき》とした本心だった。

その肩に触れて、預かっていた体を返却する。勝手に繋いだ手もほどいて、その顔を見ない様に隣に立つと、促さなくても歩き出した。二人で、同じ歩調で。

「……ユランが図太いのは、知ってるわよ」

「えー、そうかなぁ……多分ヴィオちゃんが思ってる十倍は図太いと思う」

「図太くない人間は、王子相手に意見したりしないわ」

「それ、まだ根に持ってたの……?」

「感謝もしてるけど、肝が冷えたのも事実だから」

「反省もしてないし後悔もしてないからなぁ……」

「せめて反省はしてくれないかしら」

交わされる会話は軽くて、いつも通り。さっきまでの距離の近さの名残《なごり》なんて欠片も感じさせないのは、その関係性故だろうか。ユランが与えるものを、ヴィオレットは何の疑いもなく受け取るから。

それでいい。何も変わらなくていい。ユランがヴィオレットに注ぐ慈しみは、何も特別なものでは無いのだから。

ただそれでも、ヴィオレットの胸に巣食っていた黒い悪感情は、確かに薄くなっていた。

62. 今、触れる

サロンに戻ったユラン達を迎えたのは……予想外の状況だった。

「戻ったか」

「クローディア様……？」

部屋に入ってすぐのテーブルには、ヴィオレット達が使っていた勉強道具がそのままになっている。その奥にメアリージュン達が使っていたテーブルが有る。部屋が広い事もあって、二つのテーブルは少し離れているのだが、入り口からはどちらも視界に入るのだ。

休憩前は奥にいたはずのクローディアが、今は何故か自分達が使っていたテーブル……ミラニアがいた席に座っている。

それだけでなく、室内にはクローディア以外誰もいない。ミラニアも、メアリージュンも。

「あの……ミラ様達は」

「図書室だ。メアリージュンは学園の授業に慣れていない所が有るみたいでな、教材ならここよりも図書室の方が充実しているから」

「そう、なのですか……」

クローディアの言う事は理解出来る。メアリージュンが天才であるのは事実だが、だからといって、新しい環境に何の苦労もなく順応出来るかと言えばそれは違うだろう。

特にこの学園は一般とは随分とかけ離れた場所だ。平民であった時には触れる事のなかった物が当たり前に転がっている。

テスト勉強ならば過去問題が揃っているこの場で事足りるが、これからの授業に適応していくならば、あらゆる知識の集まる図書室が適切だろう。

それは、理解出来るのだけど。

「あの、では何故クローディア様がここに……？」

「俺までいなくなったら、お前達が戻ってきても入室出来ないだろう」

「いえ、そうではなくて」

「……？」

首を傾げるクローディアに、嘘は無い様に思えた。本気でヴィオレットの言いたい事が分からないのだと。

つい、口調が強くなりそうな自分を律する。ヴィオレットの疑問が欠片も分からないのは、クローディアのせいではない。むしろヴィオレットの心の問題に近い。

ヴィオレットが驚いたのは、クローディアがここにいる事……というより、メアリージュンに付いていかなかった事。

ミラニアが行くなら自分は残るべきだと判断したのは、理解した。だからこそ、何故その時にミラニアをここに残す選択をしなかったのかが理解出来ない。

自分とユランが休憩している間に何があったのか。自分達がいた時は三人と二人に分かれていたが、ミラニアが一人になった事でクローディア達に合流したのだろうか。だとしても、何故ミラニアとメアリージュンの人選になったのかが分からない。

あの時、メアリージュンを教えていたのはクローディアだったし、クローディアも何処となく楽しそうに見えた……それはヴィオレットの記憶と知識による先入観かもしれないが、二人が惹かれ合っていた事実が有る以上、勘違いではないと思う。

「メアリージュンと一緒に行かなくて良かったのかな、と」

「……ミラが残った方が良かったか？」

「そんな事はありませんっ……、けど」

「メアリージュンを教えていたのはクローディア王子だったので、彼女に付いて行くならミラ様より貴方かと」

どう説明したものか迷っていたヴィオレットに助け船……なのかどうかはともかく、代弁してくれたのはユランだった。

スッとヴィオレットの一歩前に出て、彼女の視界に自分の顔が映らない様に立つ。クローディアを前にした時のユランは、いつもより表情筋が硬い。口許はいつもよりずっとわざとらしい笑みを描いてはいるが、口程に物をいう目に関しては自信が無いから。

何より、クローディアはユランが得意ではないし、ヴィオレットにも好印象を持っている訳ではない。そんなクローディアが二人を待っている現状がとても異質に思えて。

「俺が本来約束したのは、ヴィオレットの勉強を見る事だ」

約束……ユランに頼まれた、大切な約束。

クローディアを敵視しているといっても過言ではないユランが、本当なら絶対にしたくないはずの願いをクローディアに託したのだ。

「メアリージュンの参加は、そのヴィオレットに頼まれた事だからな……基礎は教えたし、彼女ならそれで充分だろう」

特別な感情の感じられない、平坦な言葉。クローディアがメアリージュンを嫌っている事はない、むしろそれなりに好印象を抱いているはずだ。

天真爛漫《てんしんらんまん》な笑顔、ただ笑っているだけで人から好かれるメアリージュン。それは彼女の雰囲気や、性格から来る素晴らしい長所だと、今では思う。

かつてのヴィオレットにとっては何よりも憎むべき要素だったが、今ではその長所を存分に伸ばしてくれて構わない。

そんな長所によって、クローディアもメアリージュンに惹かれているのだと、思っていたのだが。

（出会ったばかりだから……？　でも以前だってほとんど一目惚《ひとめぼ》れに近かったのに）

クローディアが自分を選んだ……そんな大袈裟な話では無いのかもしれないが、ヴィオレットにとってはとても衝撃的な出来事だ。

以前のクローディアは、少々視野が狭い傾向にあった。メアリージュンに対する一途《いちず》さの表れではあったけれど、一つの感情に支配されやすいタイプとも言える。

以前の自分は、確かにメアリージュンを目の敵にして虐げてきた。

大嫌いで、憎らしくて、本当に本当に——死んで欲しかった。

その憎悪が膨らんだ原因の一つは、クローディアの一途さにあった。

メアリージュンを想うが故に、ヴィオレットを忌み嫌うクローディア。そんな彼の心を手に入れたくて、更にメアリージュンへの憎悪を募らせるヴィオレット。

最低の悪循環の中で、結局自分はクローディアの心に欠片も触れられなかったのに。

「…………」

「ヴィオレット……？　ミラの方がいいなら、今からでも交代するが」

「っ……！　い、いいえッ、……クローディア様が良い、です」

「……それなら、良い」

呆然《ぼうぜん》としたヴィオレットを気遣う様に苦笑いを浮かべたクローディアを制し、急いで否定した。

クローディアの様子には戸惑うが、彼がメアリージュンではなくヴィオレットを選んでくれたのは事実。それがメアリージュンに対する想いがまだ芽生えていないからなのか、ユランとの約束が有るからなのかは分からないが、そう長く続く状態ではないはずだ。

ならば、今だけでもその恩恵に与《あずか》りたい。何せクローディアは教え方が上手いし、元々頭の良い人だから質問にもすぐに答えてくれる。

ミラも優秀な事は確かだが、クローディアが教えてくれるなら、交代を望む必要性は無い。

「では、始めよう。ミラとは何処まで進めたんだ？」

「あ、はい……」

ユランの隣を抜けて、休憩前まで自分が座っていた席に着く。出た時とほとんど変わらない教科書の配置、ページもそのままだ。

「ここまでは、休憩前に終わらせました」

「ではこの続きを……理解に問題はなかったか」

「ミラ様に説明して頂きましたので、大丈夫だと思います」

「あいつの説明は噛み砕き過ぎて分かりにくくなかったか？」

「そうですか……？　私はとても分かり易かったです」

自然に会話を続ける二人を、ユランがジッと見詰める。背中を向けているヴィオレットは気付いていないが、向き合っているクローディアは、顔を上げるとすぐにその姿が視界に入る。

動かないその影に、チラリと目だけで様子を窺った。

「え…………？」

憎悪を孕《はら》んだ目付きで睨まれているのか、凍てつく様な視線で貫かれるか……少なくとも、嫌悪を露《あらわ》にした表情で見られていると、思っていた。ヴィオレットと話しているクローディアに、ユランが好意的であるはずがない。

そして実際、好意とはかけ離れた表情がそこにはあったけれど。予想していた物には、どれも当てはまらず。

「――ヴィオちゃん、もうちょっと詰めてー。俺が座れない」

「あ、ごめんなさい」

「俺のが場所取っちゃってるから、こっちこそごめんね」

「ユランは大きいから、仕方ないわ」

にこにこにこ、多くの人間が好む笑顔で、ユランは笑っている。ヴィオレットも、クローディアと話している時よりもずっと素の表情で。

それは、クローディアもよく知る二人の関係性。馴染んだ掛け合いは、学内だけでなく社交界でも見かける事の多いそれ。

いつもと変わらない、ユランの姿。一瞬前の姿が見間違いに思えるくらい、とても楽しそうに、幸せそうに笑っているけれど。

間違いではない。気のせいでも、ない。
ついさっき、この男は。
迷い彷徨《さまよ》う幼子の様に、今にも泣き出しそうな顔をしていた。

63. 神に祈らん

勉強会のメンバーが一人増えたとて、やる事に変わりはない。特に捗《はかど》るという事も、その逆もなく。クローディアの言った通り、メアリージュンは基礎を教わるだけで充分だったらしい。質問する事もほとんどなくなり、一人で黙々と進めていた。

そんなメアリージュンを置いて、クローディアは何故かずっとヴィオレットに付いていた。

ユランとの約束だと、本人は言っていたけれど。それを理解した上で、何処か落ち着かない様に感じてしまうのは、ヴィオレットの記憶に有るクローディアとあまりにも違うからだろうか。

無様《ぶざま》な恋の結末を知っている。自業自得に終わった最後に、恋に、未練など無い。それでも、向けられた軽蔑の眼差《まなざ》しに傷付いた自分にも嘘は吐けない。

あの頃、あの時のクローディアはいない。巻き戻った世界に、自分の記憶が役に立たない事など、ヴィオレットは既に知っている。予想をして、回避しても、別の所から殴られるのだから。

だから、自分の知るクローディアと、今のクローディアは分けて考えるべきだと、頭では分かっているのに。

向けられた蔑みの目を、忘れられないのは。

(心の何処かで……期待しているから？)

彼への想いも、記憶も、全部忘れて諦められたら、きっと簡単に切り替えられる。期待しない分、傷付く事だってないはずだ。

それが出来ないという事は。未だにクローディアの目が気がかりなのは。

潰えたはずの希望に、惨めにもすがろうとする卑しさが有るから、だろうか。

少なくとも、そんな事は無いと即座に否定出来ない程度には、可能性が有るらしい。

(それは困る……前回の二の舞になるだけなのに)

最悪の想定が頭を過《よぎ》って、思わず額に手を当てて項垂《うなだ》れた。

仮にそうなってしまったら、折角のやり直しがただの再放送になって終わる。何の為の一年、何の為の記憶。あんな絶望的エンディングは一度で十二分。

期待も希望も振り払う様に、数度頭を振れば揺れた脳が多少の吐き気をもたらした。その程度で意識を改革出来るなら安いものだ。

ただ場所的に、少々注目を集めやすかったらしい。いつもならば多少の奇行はスルーされるのだが。

「あの……気分でも悪いのですか？」

「え……？」

「ふらついていた様に見えたのだけれど」

滑った視線が、紫の濃淡に縫い留められる。

髪は濃く、瞳は薄く。高貴な印象を与える紫が様々な色彩で散りばめられた少女。清楚《せいそ》で可憐《かれん》で神聖で、あらゆる清らかさが似合うその人を、誰かは聖女と呼んだ。

間近で見ると、その評価も頷ける。カサブランカを擬人化したらこうなりそうな、まさに白く美しい存在。

ロゼット・メーガン姫。ギアと同じく留学生であり、隣国のお姫様でもある。

心配そうに眉を下げた姿は、心に来るものがあった。美しい人が心を痛め、表情を歪めさせると、必要以上に訴えてくるものがある。それが曇りなく清純な人であれば、尚更。

「歩くのが辛い様でしたら、誰か呼んで参りますけれど」

「あ……いえ、大丈夫でしてよ。少し、考え事をしていただけですから」

「そう、ですか……お節介《せっかい》をしてしまって、ごめんなさい」

「そんな……こちらこそ、ご心配をお掛けして申し訳有りません」

「お気になさらないで」

にこやかな笑顔と、花の香りを残して。立ち去る後ろ姿まで美しい。

歩くだけで人の視線を集める所はヴィオレットと同じだが、集まる視線に一点の曇りもない所は彼女の人徳の為《な》せる業だろう。

ヴィオレットに対する注目には、色々と下世話な物も混じっていたりするから。妖艶なヴィオレットへの下心だったり、家柄への品定めだったり、今は継母《ままはは》と異母妹への勘繰りもあって、負の視線のごった煮みたくなっている。

（羨まし……くは、ないか。注目されるなら同じだし）

ロゼットに対する、憧れや尊敬の視線の方が幾分かはマシだけれど、ヴィオレットとしては注目されるなら内容が何でも同じ事。出来るならば誰の視界にも捉えられない透明人間が望ましいけれど、流石に無茶な願いであると自覚している。

（むしろ話しかけられない分、今の方がマシか）

ロゼットは慕われている分、周囲に人が集まりやすい。逆に自分は悪い噂と、話し掛けづらい雰囲気のある顔立ちのお陰で遠巻きにされる事が多い。

どうせ注目が集まるなら、今のままの方がまだ利点が有る。

「清く正しく、か」

ロゼットに人が向ける感情は、自分には絶対に向けられない物。

前回は言わずもがな、やり直すと決めた今回だって、清廉潔白とはほど遠い。

期待しないと決めて、家も人も諦めてはいるけれど、許した訳でもないのだ。異母妹を素直に愛する事も、父も辛かったのだと、全てを水に流して笑う事も出来ない。恨んでも憎んでも意味がないと知っただけで、怨恨憎悪を失った訳でもない。牙を向かない様に沈めなければ、自分は父に皿をぶん投げたくなるのだ。

結局、ヴィオレットの気質は何も変わっていない。改めはしたが、変化した訳では無い。

(……神様を、利用しようとするくらいだもんね)

修道院に入りたいのだって、信仰心があって神に仕えたいからでは無い。親から、家族から、家から逃げたい。その一心なのだ。あの家に居続けるくらいなら、どんな生活にも耐えられる自信はあれど、その理由は敬虔《けいけん》な信者を激怒させかねない物。

神に救われたと思っている。今有る全ては、神がくれたチャンスだとも、思っている、つもりだ。でも、救いを求めて祈る事は無い。流れ星が願いを叶えてくれるなんて、信じていない。

結局、神のおかげだと言いながら。

(私は――神様なんて信じていないのかもしれない)

【番外編】クリスマス 前編

世には、クリスマスという行事が有る。

いや、我が家にもちゃんとクリスマスを祝う習慣は有る……らしい。何故自信がないかというと、今日の今日まで、その事を知らなかったからだ。少なくとも、ヴィオレットだけは。

朝食を食べる為に部屋を出て、一晩で様変りしていた廊下に、今日という日付を認識した。赤と白と、緑。この時期になるとクリスマスカラーと呼ばれる三色で装飾された、何とも鮮やかな世界。自分の部屋とは、明暗がハッキリと分かれている様に思える。

(そういえば……今日はクリスマスだっけ)

クリスマスについて、知識は有る。学園だって、クリスマスモードみたいな雰囲気になっていた。

町並みだってそれに合わせて随分前から変わって来ていたし、クリスマスパーティーに出席した事もある。

クリスマスという物が、珍しい訳ではない。

――この家の中でさえなければ。

「こんな装飾、この家にあったのね」

この家にというか、父が別宅から持ち込んだのだろう。この様子だと別宅ではクリスマスを楽しんでいたらしい。

ならば今日の夕食は、少々面倒な事になりそうだ。

「ヴィオレット様」

「マリン、丁度良かったわね」

部屋を出てすぐ、こちらに向かって歩いて来るマリンが見えて。向こうもすぐにヴィオレットに気付き、足音が大きくならない程度に速度を上げげた。

「申し訳ありません、お迎えに上がるのが遅れてしまって」

「私が勝手に早く出て来てしまっただけだから……もうそろそろ時間でしょう？」

「あ……あの、それなんですが……本日の朝食は、お部屋で召し上がられてはいかがでしょう」

「え？」

マリンが呼びに来たのは、朝食の準備が出来たからだと思ったのだが。表情を歪めるマリンの様子を見るに、どうやらそうではないらしい。

部屋で一人過ごせるなら、それは願ってもない事なのだが、疑心が生まれてしまうのは警戒心が強いせいだろうか。マリンに対してではなく、この家に対して。

「何かあったの？」

「いえ、何もないのですが……本日は、クリスマスですので」

「……？」

クリスマスだから……という理由を、ヴィオレットは上手く理解出来ない。多くの人、特に子供にとってはそれなりに楽しい何かが付随する行事らしいけれど、ヴィオレットにとっては普段と変わらない一日だ。

とはいえ、今年からはそうも言っていられないらしいけれど。

「旦那様はお仕事を早く切り上げる為に、朝食の席には出られないそうです。奥様とメアリージュン様も朝食を取ったらお出掛けになるらしいので」

「あぁ……」

そういう事かと、納得すると同時に、マリンの心遣いに深く感心してしまった。この侍女は、本当に主人の心を深く深く理解している。

父もおらず、他の二人も予定が有るというのなら、ヴィオレットが朝食の席に着かずとも言い訳は楽だ。仮に待っていると言われたところで、外出の時間が迫れば、彼女達はそちらを優先せざるを得ない。最も、朝食の席をすっぽかした事が父の耳に入れば、面倒この上無い事になるだろうけれど。

「夜はクリスマスディナーになると思いますので……お休み頂いた方がよろしいかと」

「そうね……」

予想はしていたが、マリンの辛そうな表情から見るに、今日の夕食は味の分からない物体を飲み込む作業が待っているらしい。

「じゃあ、お願いしようかしら。二人への言い訳は」

「体調が悪いので、ディナーまでお休みになられます……と、既に伝えてあります」

「……私が断るとは思ってなかったの？」

「万が一お断りされたら強行手段を取るつもりでした」

「たまに恐ろしい事言うわよね、貴方」

軽口を叩いてはいるが、それが冗談である事は承知の上だ。マリンの中で、ヴィオレットがマリンの提案を断る可能性は万が一にもあり得なかっただろうし、事実、ヴィオレットに断る理由は皆無だから。

マリンの言葉に甘え、まだ数歩も進んでいない廊下から部屋に戻る。

部屋着から着替えてしまっているが、マリンのおかげで昼食も部屋から出ずに取れそうだ。ならばもう一度部屋着に着替えた方が楽だろう。

「マリンは……忙しそうだったわね」

いつもなら、ヴィオレットだけの為に働くマリンも、今日はどうやらそうもいかずにあちこち走り回っているらしい。理由は明白、この家で初めて迎えるクリスマスのせいだ。

飾り付けからディナーの準備まで、別宅で働いていた者は慣れているかもしれないが、この本邸にはそもそも装飾品すら置いていない。別邸よりもずっと広いこの家を一日でクリスマス仕様にするなんて、猫の手だって借りたくなる忙しさだろう。

（朝食は持って来てくれるだろうし、支度くらい自分でするか）

元々、身支度くらい一人で出来る。パーティードレスならともかく、ただ部屋着に着替えるだけなら、子供にだって出来る事だ。

「ルームウェア……新しいのって何処しまってあったかしら」

問題は身支度よりも、広い屋敷の広い部屋に相応《ふさわ》しい、広過ぎるウォークインクローゼットから新しい部屋着を探す事かもしれない。

基本的に身支度を使用人に任せきる貴族が多い中、ヴィオレットは育った環境のせいか自分で大抵の事をこなしはする。マリンの仕事を取らない程度に、自分で出来る事は自分でしてしまう事が多い。

それでも、着替えの準備やクローゼットの管理は、ほとんどマリンに任せてしまっている。洗濯が仕事の一つなのだから、その方が圧倒的に効率的なのだけれど。

自分で自分の服の在処《ありか》が分からないとは、何とも情けない気分だ。

「そんなに奥では無いと思うんだけど……」

色鮮やかなドレスや、煌《きら》びやかな宝石類が多くの場所を占めているが、私服や部屋着に関してはそれ程量が多い訳ではない。

普段使う物だし、使い勝手のいい場所に纏められているだろうと、自分のクローゼットの中をキョロキョロと不審な動きで進んでいく。気分はまるで泥棒《どろぼう》だ、自分の家、部屋、クローゼットだというのに。

「あ……」

ドレスが途切れた一角。同じ制服が何着も並んでいる辺り。掛かっているワンピースや、コートからするに、どうやら制服や私服のエリアらしい。

「この辺りかな」

パッと見た所、ハンガーに掛かっている服に目的の物はない。ならば引き出しの中、下着やインナーが入っている辺りだろうか。

目に入った引き出しを適当に開けては閉めるを繰り返す。さすがマリン、ほんの少し覗いただけでその引き出しに入っている物が分かる、綺麗な整頓の仕方。

上から順番に見て行き、膝を突かなければ開けられないくらい下に有る引き出し。そこでようやく目当ての物が顔を出した。

「あ、あった」

引き出しを開けた瞬間に、柔らかな花の香りが広がる。ヴィオレットお気に入りの柔軟剤、洗い立てのそれ。

メーカーが同じだからどれも似たり寄ったりだと思っていたけれど、こうして並べて見ると思っていたより種類が多い。いつもマリンに任せて自分で選んだ事がなかったけれど、並んでいるのを前にすると、どれにしようかと迷ってしまう。

（……赤と、白）

少し下の方に有る、濃い色味のルームウェア。柔らかな素材感な為に派手《はで》な印象は薄いけれど、ヴィオレットが持っている服の中では珍しい色合いだ。

そのせいか、一番奥にしまわれているそれに、何故か今日は手を伸ばしてみたくなった。

家中に充満するクリスマスの気配に中《あ》てられたせい、かもしれない。

引っ張り出そうとして、奥に手を突っ込む。上に載った服を先に取り出さない辺り、やはりヴィオレットも貴族の娘だ。普段自分でやらないから、こうした横着が招く結果を予想出来ない。下に有る物を無理に引っ張り出そうとすれば、当然。

「あ――――ッ！」

他の服もろとも、飛び出してしまう。

「あぁ……、やっちゃった」

思わずため息を吐いてしまったが、自業自得なので文句は言えない。二列になっていた服の片方だけが綺麗に全部飛び出した様なので、しまい直すのにそう時間は掛からないだろう。

ならばさっさと終わらせてしまおうと、目当て以外の服を集め始めた時だった。

視界の端に、何かの光沢が映った気がして。光沢の有る服なんて、それこそドレスでもなければ持っていないと思っていたのだが。何かアクセサリーでも落ちたのか、もしくは飛び散った服の隙間にでも紛れ込んでいたか。

「これ……」

床に転がった、小さな輪っかを手に取る。少しの緑と、銀色のリボンで出来た手のひらサイズのそれは、今の季節にはよく見かけるけれど、だからこそこの家……とりわけこの部屋にはあまりにも不似合いな物だった。

「クリスマスリース？」

所々黒ずんでいて、大分古い物だろう。透明のビニールに包まれているけれど、恐らく既製品では無い。既製品よりもリボンの割合が多いし、形も歪《いびつ》だ。

本来、こんな所に有るはずの無い物。でもそれは、確かに今、ヴィオレットの手の中にあって。

この感触を、ヴィオレットは遠い昔から知っていた。

「っ、……これ」

リボンの表面をなぞって、汚れている部分を擦っても取れる様子は無い。こびりついて、色素が沈着を起こすくらい長い時間、これはここにあったのか。

記憶が、ゆっくりと戻っていく。

たった一度のある一日へ。たった一度だけ、ただ一日だけあった、聖なる日の記憶。

ヴィオレットにとって、唯一のクリスマス。

【番外編】クリスマス　後編

もう、何年前になるだろうか。まだ母が臥《ふ》せる少し前、壊れてしまった彼女に付き合って、ヴィオレットが女の子を止《や》めていた頃の事だ。

クリスマスの当日、誰かの家で大きなパーティーがあった。誰の家かも、どんな人が来ていたかも、記憶に無い。あの頃のヴィオレットにとって、全ての社交界は母から離れられる日であり、束《つか》の間《ま》女の子に戻る瞬間。そして同時に、家に戻った時の母が恐ろしく思える日。

この頃にはもう、ヴィオレットが男の子を模すのにも限界が近付いていたと思う。既にマリンが屋敷で働き始めていた。

久々のドレス、久々の女の子、社交界。

どれも窮屈で仕方なかったけれど、何より、久しぶりに見た父の顔が苦痛で仕方なかった。

無機質で、こちらに何の関心も無いといった表情。そのくせ、着飾った自分を見て何処か不満げに光る視線。

今にして思えば、それは何故ここにいるのが自分の愛するメアリージュンではないのかという批難だったのだろう。ヴィオレットが着飾る事に興味は無くとも、メアリージュンが着飾れない事実には憤りを感じる……あの人は、昔からそういう人間だった。

それでも、この場では父が求める正しい令嬢でなければならない。そして家に帰れば、女の子だったヴィオレットの名残を目敏《めざと》く見つけて不安定になる母の相手をする。

ヴィオレットにとって社交界は、理不尽ばかりを連れてくる悪魔の様な存在でしかなかった。どんな名目かなんて、どうでもいい。

クリスマスも、サンタクロースも、パーティーの理由になるなら同じ事。

父と同じ空間にいるパーティーも苦痛だけど、帰っても待っているのは地獄で。早く帰りたいとも、残りたいとも願えない。拷問の時間が続くだけ。

そんな一日になる、はずだった。

「ヴィオちゃん、見つけた……っ!」

「ユラン……」

「ヴィオちゃんは、かくれんぼが得意だね。一杯捜したんだよ」

「そう言いながら、いつも私を見つけるな、ユランは」

「えへへ……」

ほんのり頬を赤くして、少し息が弾んでいる。まだまだ幼さを残すユランだけど、初めて出会った頃の柔らかな丸みは少なくなってきた。

一歳差。それが目で見て分かる程にあった自分達の違いは、いつの間にか縮まっていたらしい。ほんの少し目線が下な事くらいしか、もう自分達に差は無い。男の子であるユランは、これからどんどん大きくなる。ヴィオレットだって成長するけれど、先行していられるのもそう長くはないだろう。

あっという間に、性差がはっきりしてくるはずだ。特に女の子は、成長期が早いから。

最近は、社交界にもドレスで出る事が多くなった。昔は黙認されていた男の子の正装も、女の子へと向かっているヴィオレットでは浮いてしまう。

母がその事に気付くのは、いつになるのか。女への道を正しく進む娘に、あの不安定な人は耐えられるのか。

男の子になれない事なんて、ずっと前から知っている。なりたいと望んだ事もなければ、苦痛以外の何かを感じた事だって無い。
それでも、女の子に戻るのだって、恐ろしい。男の子であれと、父の生き写しであれと言われてきた娘は、それ以外の道を潰されてきた。でも本来、ヴィオレットが進むべきは、その潰された先に有る道なのだ。

考える事を放棄して、男の子になっている間は、苦痛だけど楽だった。言われた通りにしていれば、今以上の痛みも苦しみも感じずに済んだから。
でももう、言われた通りには出来ない。出来なく、なっていく。母の意思でも、ヴィオレット自身の意思でもどうにも出来ない、成長という現実によって。

「ヴィオちゃん、顔色悪い……大丈夫？」

「……あぁ、大丈夫」

心配そうにこちらを見る、可愛い弟分。今ではこうして笑える様になったけれど、その奥に抱える痛みを知っている。
そんな彼に、自分の痛みをひた隠しにしても笑いたいと思うのは。毅然としていたいと、慕ってくれるユランの頼れる姉でいたいという、馬鹿げたプライドのせいだろうか。

「ねぇ、ヴィオちゃん……今日が何の日か知ってる？」

「今日……？」

「うん。今日は、クリスマスなんだよ」

「勿論、知っているよ」

むしろ、それが今日のメインテーマだろう。クリスマスパーティーとはっきり銘打ってもいいくらい、この会場はクリスマス一色だし、主催者もそういう意図のはずだ。

「クリスマスには、サンタさんが来るんだって。良い子にしてたら、サンタさんが幸せを運んできてくれるって」

「あぁ……そうだね」

曖昧に笑ったヴィオレットに、ユランは照れた様に笑って視線をさ迷わせる。

サンタさんが、幸せを運んできてくれる。

誰もが知っている絵本の一節だ。勿論ヴィオレットだって知っている、可愛いサンタさんが、沢山の笑顔を運んでくれる幸せなお話。多くの子供達は繰り返し読んで、サンタさんを信じ夢を抱く。

ヴィオレットは、そんな多くの子供達の様にはなれなかった。


サンタさんが来た事なんて、一度も無い。サンタさんどころか、クリスマスを意識して一日を過ごした日すら無い。絵本の中にあったケーキも、大きなツリーも、プレゼントも。

物語に描かれる様な笑顔すら、我が家には無い。

多くの人にとって、あの絵本は現実の一幕だったらしいけれど。ヴィオレットにとっては、あまりにも残酷な夢物語。

嫌いとまではいかないけれど、二度と読みたくないくらいには、苦手だった。そして一度読んだだけで記憶にこびりついてしまったくらいにはトラウマだ。

そんな事、目の前で笑うユランには口が裂けても言えないけれど。


「だから、ね……はいっ！」

蕩《とろ》ける様な笑顔と同時に、目の間に突き出された両手。あまりに近くて、一瞬焦点が合わずにボヤけてしまった。

「…………え？」

何度か瞬《まばた》きをして、ほんの少し身を引けば、それが何かすぐに分かった。

ほんの少し歪な、丸いフォルム。ほんの少しの緑と、沢山の銀色で彩られたそれは、ユランの両手よりも小さいサイズ。

「え、っと……これは……？」

何が起こっているのか、よく分からずに首を傾げるヴィオレットに、ユランは更に笑みを深めて言った。

「ヴィオちゃんへ、俺からのクリスマスプレゼント」

「――――」

目を丸くして、言葉を失った。それくらいの衝撃で、経験で、予想外の事だったから。

動揺する暇もなく固まってしまったヴィオレットに、ユランはイタズラが成功した幼子の笑顔で。

「サンタさんは、クリスマスプレゼントをくれるでしょ？　だから俺も、ヴィオちゃんにプレゼントするの」

大きなツリーも、美味しいケーキも、無い。

「サンタさんは、幸せを運んでくるから」

サンタさんも、来ない。

「俺は、ヴィオちゃんのサンタさんになりたい！」

クリスマスが、好きではなかった。誰もが一斉に幸せになる、幸せになれる日が自分にはあまりにも遠いから。靴下の中身が空っぽな虚無感に苛まれたって、誰も慰めてはくれないから。プレゼントをくれるサンタさんは……両親は、自分にはいないから。

「これね、俺が作ったんだよ。お店に売ってるやつは大き過ぎるし、クリスマスカラーのばっかで」

「あ、……」

「銀色のリボン、ヴィオちゃんの髪の色みたいだなって思ったんだぁ……使い過ぎてラッピング用なくなっちゃったんだけど」

未だ動揺の中から抜け出せないでいるヴィオレットの手に、小さなリースを握らせる。指先に当たるのは、少し硬めの草木の感触と滑らかなリボンの肌触り。

自分の手の中にあっても、何処か夢心地で実感が無い。

こういう時、どういう反応をすれば良いのだろう。どうするのが、正解なのだろう。両手の平に収まったそれを眺めながら、纏まらない思考の濁流に呑《の》まれそうだ。口を開いても言葉が出てこなくて、ただ空気ばかりが二人の間を漂うだけ。

そんなヴィオレットの混乱が、ユランには間違って伝わったらしい。

「嬉しく、なかった？　俺、上手く出来なかったから……」

「っ、違う……ッ!!」

ユランの悲しげな声色に、リースを凝視していた顔を上げる。不安げなユランの表情に、自分の動揺も混乱もどうでもよくなってしまった。

クリスマスの思い出が無い。今日の、この瞬間まで、プレゼントをもらった事も無い。ケーキを食べて笑う事も、ツリーを綺麗だと思った事も。

何も無い、何も無かった。

今日、今、この瞬間までは。

「ありがとう、ユラン……こんな嬉しいクリスマス、生まれて初めてだよ」

※　※　※

「……懐かしいなぁ」

あの頃は両手に乗っかるサイズだったけれど、今ではもう片手で充分に持てるクリスマスリース。

あれから急速にヴィオレットを取り巻く環境は変化したし、あれ以来クリスマスをユランと共に過ごす機会は訪れなかった。そうして成長すれば、今度は別の問題で異性からのプレゼントが問題にされる様になって。

結局このリースが、生まれて初めてもらったクリスマスプレゼントで、これ以外にクリスマスの思い出は無い。

「そっか……ここに隠してくれてたんだ」

思い出す、あの日自分は、帰ってきて真っ先にマリンの許へ走った。そして頼んだ。

――これを、絶対に見つからない所に隠してくれ。

母に見つかったら、捨てられてしまうかもしれない。壊されてしまうかもしれない。

ヴィオレットが他者と関わる事を極端に嫌っていた母は、あの部屋の中だけを現実としていた。自室にヴィオレットを呼び、使用人を遠ざけ、二人きりの時間を過ごす事。それだけが現実で、部屋の外を忌み嫌い遠ざけたがる。

そんな人に、ヴィオレットが他の誰かに貰ったプレゼントを大切にしているなんて知られたら、どうなるか。

結果は、火を見るより明らかだ。

「確かに、ここなら見つからないか」

クローゼット、それも部屋着が入った引き出しの奥の方なんて。持ち主ですらそうそう近付かない。事実ヴィオレットも、今日までここに有るなんて知らなかった。

「……片付けておこう」

集めた服と一緒に、クリスマスの思い出もしまい込む。

あの日恐れた人はもういないけれど、それでもこれは、隠しておきたいヴィオレットの大切な宝物だ。この家の中、唯一誰にも侵されない思い出が有る。誰にも汚されない、誰にも否定されない、ほんの小さな秘密。

この家の誰にも、語らせたくない。知られたくない。触れさせたくない。その瞬間、夢が現実に塗り潰されてしまう。

口にしたら、馬鹿にされてしまいそうな細やかな夢の欠片。ヴィオレットにとっては、ほんの一時夢が叶った証拠。

広い屋敷の、大きなクローゼットの片隅。

そこだけが、ヴィオレットにとってのクリスマスだったから。

64．圧力

テスト勉強が順調に進めば進む程、本番が近付くのは当然の事で。毎日の様に通っていたサロンへの道に慣れた頃には、テストの初日が次の日に迫っていた。

「……うん、この点数なら、かなり良い所まで行けると思うよ」

「暗記系も問題なさそうだな」

過去問をベースに作られた問題集を採点した二人から、色の良い言葉が返ってきた。自分で見返した時もミスらしい物は見当たらなかったが、やはり第三者……それも年上の優秀な人にお墨付きを貰えると安心する。

「ありがとうございます」

「一応これは返しておくから、休み時間に軽く見返しておくといい」

採点された答案が戻ってきて、目を走らせると全問正解だった。勿論これがそのまま明日出題される訳ではないが、それでも自信の持てる結果だ。

「二人の方も、これなら心配無いだろう」

「ありがとうございますっ」

「ありがとうございます」

「メアリージュンにとっては初めてのテストになるが……この分だと好成績を上げられると思うぞ」

「皆さんのおかげです！　私一人だったら、何をどうすればいいか分からなくて混乱しちゃってました」

このテスト勉強を経て、クローディアとメアリージュンのツーショットにも随分慣れた。以前はいちいち激高していたけれど、今となっては、二人の関係がこのまま順調に進んでくれればとさえ思う。

何より、今の自分にとっては目の前のテストの方が重要だ。

（過去問とはいえ、まさか満点を取れるなんて）

毎日の勉強会が功を奏したらしい。一度受けた記憶が有るとはいえ、テストの問題なんて覚えていない。濃過ぎる記憶と経験が満載な人生経験のおかげで色褪《いろあ》せもいい所だ。二度目なおかげで授業の理解度は増したけれど、その程度。チートと呼ぶにはあまりにお粗末。

自分の解いた答案に視線を滑らせて、時間の掛かった所や自信のなかった所を重点的に脳へ叩き込んでいく。

一人で挑んだ時でさえ、メアリージュンは簡単に首席に輝いてみせた。万全の態勢で挑んだ今回も当然、素晴らしい結果を出すだろう。それに伴う父からの小言に関しては、既に腹を括《くく》っている。覚悟さえしておけばなんて事は無い、いつもの事だと聞き流すだけだ。

しかし今回のテストは、父の事とは別の理由でトチる訳にはいかない。

ユランが気を遣ってくれた、クローディアが力を貸してくれた。

それがどれだけ大きな事か、ヴィオレットは誰よりも理解している。それこそ、幸運くらいに思っ

ているメアリージュンよりも、珍しいと驚いただろうミラニアよりも。
悩み、迷い、それでもヴィオレットの力になろうとしてくれたユラン。不信と葛藤を律し、迷惑な女に力を貸してくれたクローディア。
そんな二人に報いる為にも、自分は全力を尽くさねば。

「緊張してる？」

「……少しだけ」

「やっぱり。顔がちょっと強張《こわば》ってるよー」

そう言うユランの方は、いつもと変わらずふにゃりと柔らかな笑みを浮かべている。元々緊張するタイプではないが、それでも高等部二年目の自分よりも落ち着いて見えるというのは……こちらの立つ瀬がない気がしなくもない。

「でも……嫌な緊張じゃないの」

いつもの、背中に刃物を突き付けられている様な、心臓が誰かの手の中に有る様な、緊張感ではない。一秒先には刺されているのではないか、握り潰されているのではないかという不安感とは全然違う。

背中に重りが乗った様な、身動きが取りづらい感覚。今にも這いつくばりそうだけど、だからこそ沸き立つ、奮い立つ。

きっとこれは、プレッシャーなのだと思う。沢山の想いを背負っているから、こんなにも体が重い、けれど。

「頑張らなきゃ、って、思うから」

誰かに、力を貸して貰う事。誰かの力に、応えたいと思う事。

今までは、知らなかった。誰かの為に頑張ろうなんて、思った事がなかった。

期待されているかどうかは、分からない。今までされた事がないから。勝手に作られたハードルを、越えられない事を叱られるだけで。それが誰の基準で作られた物なのか、誰の為のハードルなのかなんて、教えてさえ貰えずに。

押し付けられる全ては、煩わしいと思っていた。

押し付けられた全ては、煩わしかったから。

父がヴィオレットに望む『誰かの為』は、いつだってヴィオレットを置き去りに構成される。出来たって褒められないのに、出来なければ罵られて。

ヴィオレットは、自分の為にさえ生きさせては貰えないのに。
自分で立つ足を奪われているのに、誰かの許へ走れと言う。這ってでも、誰かの為に動けという。
それは、奴隷と何が違うのだろう。

奴隷になんてなりたくない。誰かの為の自分になんて、なりたくない。

その想いが大きくなり過ぎて、ヴィオレットは自分を見失った。そして罪を犯し、結局一番嫌悪していた『誰かの為』への償いに身を落とした。
それはあまりに馬鹿げた、極端過ぎる想いだったと、今ならば分かるのに。

人は、誰かの為だけには生きられない。でも、自分の為だけにだって生きられない。

簡単な事、単純な事。でも今までは、知り得なかった事。
ユランに報いたいと思ったのと同じ。誰かの力を、与えられた物を、目に見える結果で返したいという感情。
それがプレッシャーとなってのし掛かっているというなら、こんなにも心地良い重圧は無い。

「そっ、か……頑張ってね」

まるで他人事の様に、ただヴィオレットの事だけを応援する言葉。視線を逸らしたユランの表情が暗い事を、ヴィオレットは知らない。その目に過った影にも、気付かない。
ただ当たり前の様に、ヴィオレットはユランに笑いかけるだけ。

「あら、ユランもよ。一緒に頑張るの」

ふふ、と楽しそうに目を細める姿には、姉の凛々《りり》しさと、あどけなさが同居していた。
当然の様に、ヴィオレットはユランを引き寄せる。自分の世界に、ユランの席を用意する。それがユランにとって、どれだけの救いに、喜びになるのかも自覚せず。

「……うん、そうだね」

「ユランも問題集は満点だったんでしょう？」

「一応はね。でも過去問がそのまま出題される訳じゃないし、テストでも満点取れる保証はないからなぁ」

「当たり前でしょ」

「取れたら楽なのに」

「それじゃテストの意味がないじゃない」

二人の世界は、完成されている。それはヴィオレットが、ユランに対しては当たり前に受け入れ態勢を取っているから。幼馴染だからこその世界であり、ユランが少しずつヴィオレットの常識の中に自分を埋め込んでいった成果。

だから、ヴィオレットは知らない。

そんな二人に向けられる金の目に、ユランだけが気付いていた事に。

65. 憧れと羨みは似ている

あぁ、やっぱり、こんなにも違う。

纏う雰囲気も漂う空気も、そこだけ色が違って見えた。それは自分の主観のせいか、それとも実際そうなのか。

どちらでも構わない。どちらにしたって、クローディアの目に映る世界は変わらないのだから。

「ミラ様も、色々とありがとうございました」

「俺は大した事してないよ」

「いいえ、ためになる本を沢山教えて頂きました！」

「それを読んで、身に付けたのはメアリージュン嬢自身の力だから」


目の前で、微笑みを浮かべた二人が話している。ミラの性格だけでなく、メアリージュン自身が人懐っこいからか、二人の雰囲気は反発する事なく馴染んでいた。

それはクローディアを相手にする時も同じで、メアリージュンとの会話で気分を害した事は無い。最初の頃の様に、お互いの性格や許容範囲を窺って話題を選ぶ必要もなくなった。

純粋なメアリージュンの心根は、眩しいくらいに美しい。それを善と取るか世間知らずと罵るかは人それぞれだとして、クローディア個人の意見を述べるのであれば、実に好ましい人柄だ。


好ましいと、分かっているのに。


「ユランって、意外と文系科目苦手よね」

「そう、かな……自分ではあんまり自覚ないけど」

「苦手といっても、解くのに掛かる時間が少し増すくらいだけど。小さいミスが有るのも、文章を読み解くタイプばかりなの、気付いてなかった？」

「あぁ……言われてみれば、確かにね」

「まぁ、そもそもミス自体が少ないものね」

耳が、声を拾うのは。視線が、引き寄せられるのは。

どうして、ヴィオレットの方なのか。


彼女と話す時は、いつも落ち着かない。それこそ、メアリージュンの様な好ましさなんて、感じない。

何処までも落ち着かず、足元が覚束無《おぼつかな》いそれが苦手で。僅かでもずれれば、話したくないとそっぽを向いてしまいたくなる様な、違和感と不自由さ。

見なければいい。話さなければいい。そうすれば、こんな得体《えたい》の知れない感情に苛まれる事も無い。そんな事、分かっているというのに。


それでも目は惹かれて。耳は雑音を排除し、彼女の声をより鮮明に拾い上げる。


つい最近までは、その姿が視界に入る事さえ不快で、不自然に甘さを含んだ声が耳障りで。出来る事ならば忘れていたいくらいに、クローディアはヴィオレットが苦手だった。

苦手な、はずだった、のに。

吸い寄せられる視線は、本人の自覚の外で縫い止められる。引き離すという感情が思い浮かばないくらいに、ただジッと、その姿を焼き付けたくて。

――不意に上がった、金色と目が合った。

「っ、！」

途端に、全身に力が入る。感情の読み取れない冷えた視線に射抜かれて、己の行動に羞恥心を覚えた。

ヴィオレット本人よりも、ユランに気付かれた事の方がより居心地を悪くさせる。クローディアにとってユランは、ある種の弱点であり恐ろしい何かだ。それが一体どういう感情なのか、自分自身でもはっきりとは理解出来ていないけれど。

叱られる前の子供の様に、心臓が早鐘を打つ。耳の奥で、血液の流れる音が大きくなった様に思えた。その目が一瞬でも鋭さを増したら、自分はなんと言い訳をするのか……なんて。

脳内を巡っていた心配は、全て杞憂《きゆう》に終わる。

（え――）

スッ……と、まるでクローディアの存在など無かったかの様に。それはそれは自然な流れで、ユランの視線が再びヴィオレットへと注がれた。

穏やかに、柔らかく、多くの人がユランに抱く想像通りの表情。でもその内心が、いつもの何十倍も甘い事を、クローディアは知っている。

「ね、ヴィオちゃん、テストが終わったらまた何処かにお出掛けしようよ」

「ええ、勿論。今度はユランの行きたい所に付き合うわ」

「俺の？」

「前に、ご褒美を考えるって約束をしたでしょう？　どうせなら一緒に選んだ方が良いもの」

「わぁ……ありがとう、ヴィオちゃん！」

「まだ何もしてないわよ」

微笑みながらそう言うヴィオレットに、幸福に身を浸したユランが蕩けた様な笑みを返した。

完成されたその光景を、眩しいと思ったのは。

自分に向けるのとは対極に有る、ユランの表情への憧憬《どうけい》なのか、それとも。

あれ程嫌っていたヴィオレットの笑顔に対する――羨望、なのだろうか。

66. 地獄の底で十字を切った日

目は口程に物を言うというのは、その通りだと思う。

目を向けるのは興味のサインで、その回数が増えるのは、それだけ気になってる証拠で。見詰める意味はその姿を目に留めたいから。そこに伴う感情の良《よ》し悪《あ》しまでは分からないけれど、見るという行為の根底に有るのは、相手に心が向いているという事実だ。

(にしても、分かりやすい)

さっきから自分達……ヴィオレットに注がれる視線には気付いている。その持ち主が誰なのかも。

ユランが側にいる時のクローディアは、大抵何か言いたげな目をしているから。

ただ今回は……ユランにとって忌々しい事に、クローディアの視線が向いているのは自分ではなくヴィオレットの方だ。
自分相手であれば、ただ無視するだけで済むというのに。

「テストの最終日なら時間も有るかしら」

「そうだねぇ……二人でお疲れ様会とかする？」

「良いわね、楽しそう」

微笑むヴィオレットに、こぼれそうだった舌打ちが溶けていく。未だこちらに向いているであろう彼の意識も、ヴィオレットが笑っているならどうでも良い事だ。
それも、ヴィオレットがクローディアの視線に気付いていないからそう思えるのだけれど。

「お昼は何処かで食べるとして……ユランは何かしたい事無いの？」

「俺はー………特に、思い付かない、かなぁ」

そもそもヴィオレットと共にいられる時点で、ユランの望みは九割は叶っている。残り一割は恋心から来る欲なので、今はまだ叶える訳にはいかない物だ。つまり現在、これ以上何も望む事は無い。

「じゃあ当日までに行きたい所を考えておいて」

「俺より、ヴィオちゃんは――」

「ダメです。これはユランが頑張ったご褒美でもあるんだから」

そうは言っても、ユランにとってのご褒美なら、ヴィオレットがいる時点で完成している。本来物欲に乏しい自分は欲しい物も大して思い付かない。

ユラン自身が何かを望む時、その理由の真ん中には必ずヴィオレットがいる。というより、ユランの欲にはヴィオレットという存在が不可欠だ。彼女がいなければ、ユランは呼吸さえ望まなくなるだろう。

「うーん……」

これは、何とも難解な問題だ。ヴィオレットを困らせたくはないし、彼女のご褒美は欠片も取《と》り零《こぼ》さず受け取りたいが、自分の方に肝心の『ご褒美』が欠如しているとは。

嬉しい悩みと言えばそうなのだが、これはテストよりも余程難しい気がする。

「当日までには、考えておく……」

苦々しい顔で絞り出した声は、思いの外頼りない音をしていた。

正直何一つ浮かんでいないのだが、ヴィオレットの為なら自分は何かしらの策を思い付くだろう。根拠のない自信だが、確信があった。未来の自分に多大な期待を寄せる事になってしまうが、恐らく大丈夫だろう。

「……嫌なら、断ってくれても」
「それだけは無い、絶対無い」

思わず食い気味に否定してしまったユランに、不安げだったヴィオレットの表情が、きょとんとしたものに変わる。目をぱちぱちと瞬《しばた》いている姿は何処か幼く見えて、ユランの反応に驚いているのが分かった。それでも否定しておかなければ、ヴィオレットはきっと誤解してしまうから。

ユランの反応にヴィオレットが考える事なんて、手に取るように理解出来る。

迷惑だったか、もしかして、本当は嫌なのか。

ヴィオレットが本当は人の顔色に人一倍敏感なのだと、知っている人間はどれだけいるだろう。

恐らく彼女本人も自覚していないし、むしろ鈍いと思っている節さえ有る。

でもそれは、無意識の内に見ないフリ気付かないフリをしているだけ。少し気を抜いたら小さな変化にも気付いてしまうくらい、彼女の空気を読む力は過敏だ。気付かなくていい事、見なくていい事まで拾ってしまうアンテナは性能が良いからではなく、壊れて取捨選択が出来なくなっただけ。

そうならなければ生きていけない世界で、産まれ育った人だから。

だからこそ、伝える事を怠ってはいけない。

「凄《すご》く嬉しいし、楽しみだよ。ただ欲しい物が思い浮かばなくて」

「そ、う……ごめんなさい、急かしちゃったわね」

「ううん。俺もまさか自分がこんなにも欲の無い人間だとは思わなかったよー」

「確かに……ユランはこれが好きとか、欲しいとかって、あまり言わないわよね」

「そうだねぇ……」

死んでも手にしたい人は目の前にいるのだけど、準備とタイミングを万全にして挑まねば、死ぬ程後悔するのは目に見えている。失敗は成功の母とも言うが、これに関してはチャンスは一度と言っていい。失敗すればもうチャンスは与えられず、下手を打てば自分だけでなくヴィオレットまで不幸にしてしまう。

そんな結末だけは、あってはならない。可能性さえも許されない。ヴィオレットの未来が幸せでないなんて、そんな世界は間違っている。

他の誰を不幸にしても、彼女だけは幸せにならなければいけない。

(誰が、不幸になっても……)

そう、それが仮に、ユラン自身だとしても。

「…………」

「ユラン?」

「ねえ、ヴィオちゃん」

「……?」

丸々とした大きな目が、ユランを映して不思議そうな色を宿している。キラリキラリと輝いて、小さかったユランはこの目を宝石だと信じて疑わなかった。あれから随分沢山の物を見て、本物の宝石だって、目で見て知識を蓄えて来たけれど。

それでも、ユランにとって価値を持つのはこの瞳だけ。そこに有るだけで綺麗で、笑うとより美しくて。

どんな時も、ユランにとって一番美しく尊いのは、ヴィオレットの存在だ。

だから、ヴィオレットが幸せなら、それでいいと、思っているのに。

「……当日まで決まらなかったら、一緒に探してね」

「ええ勿論、いくらでも付き合うわよ」

——恋をしたの。あの人に、愛されたいの。

笑う姿が、重なる。地獄の底に叩き落とされて尚、ヴィオレットが笑うなら、幸せになれるならそれでいいと。

彼女が恋をした日、ユランは地獄から女神の幸せを願った。

そしてその願いが粉微塵《こなみじん》に吹き飛んだ時、もう二度と、ヴィオレットの幸せを他人に託したりしないと誓った。

ヴィオレットを想わない男に、女神の尊さを知らない愚か者に、彼女の愛は過ぎた物だ。要らないと捨てた癖に、今さらその美しさに心惹かれても遅いのだと。

かつて自分が体験したのと同じ地獄の底で、過去の自分を呪えばいい。

沢山の呪詛《じゅそ》で、憎悪で、目を曇らせて——気付かないふりをしていた。

(今、あの男の気持ちを知ったら)

クローディアの目が追う先を知ったら。自分があの男を惹き付けているのだと自覚したら。

愛されたいという願いが、叶う日が来るとしたら。

ヴィオレットは、誰を選ぶのだろうか。

彼女を幸せに出来るのは——誰、なのだろうか。

67. 生涯白旗

さて、あれ程長かったテスト期間も、本番が始まってしまえばあっという間で。テスト勉強期間に比べて本番が三日しかないから、そう感じているだけなのだろうけど。

基本的に憂鬱な行事ではあるが、唯一利点が有るとするなら、普段よりも早く放課後が訪れるという事だろうか。

とはいえ、その利点にヴィオレットが感謝したのは今回が初めてだけれど。

「んー……何か解放感が凄いねぇ」

「本番までが長かったもの」

伸びをするユランの隣で、ヴィオレット自身も肩の荷が軽くなった様に感じていた。束の間の休息だとは分かっているが、未来を気にしても良い事は待っていないと知っている。

ならば、今この瞬間に身を委ねた方が得策だ。

「それで、行きたい所は決まったの？」

「一応は……ただこれが欲しい！　みたいなのはまだだから、ぶらぶらしながら色々と見てみようかなって」

付き合ってくれる？　と不安げな視線でヴィオレットの反応を窺う姿は、いつまで経っても変わらない。昔はもっと直接的にヴィオレットに全ての判断を委ねていたから、それと比べれば成長したと思うべきだろうか。

実際は幼かった頃よりもずっとヴィオレットに全感情を捧げているのだけれど、気取《けど》られなければ問題無い。

「勿論よ」

ふふ、と口許に指を沿えて微笑む姿は、いつもより随分と気楽そうに見える。それが何の憂いもないという証拠なのか、現実逃避の類《たぐ》いなのか、ユランにも完全に区別するのは難しい。どちらでも、今現在を楽しんでいるという事実に違いは無いから。

だから、不用意につつく事も出来ない。藪《やぶ》から蛇が出ては、今日という日が台無しになってしまう。ヴィオレットがユランの為にと隣を歩いてくれるなら、ユランにはヴィオレットを全身全霊をかけて楽しませる義務が有る。

結局ユランに出来るのは、今笑っているヴィオレットの姿を維持する事だけだ。

「使ってるファイルがくたびれて来たから、修繕を頼もうかなと思って」

「あぁ……そういえば、前に見た時、色んな所がほつれてたわね」

「中等部入学の時から使ってるからねぇ」

プリントやらを収納するそれは革製で、キャメル色の表面にユランのイニシャルが焼印されている。確か、入学祝いに両親に買って貰ったのだと聞いた。

基本的に物持ちの良いユランだが、劣化しても使い続ける為、一概に長所とは言えない。壊れていなければ使えるなんて、大雑把《おおざっぱ》というか乱暴というか、少々極端なくらいに物に対するこだわりが無い。

それまでは両親が気を付けていたらしいけれど、ユランが中等部に上がる時に方針を変更したらしい。

修理、修繕、直す事を徹底させればいい。そうすれば、物持ちの良さはユランの長所になる、と。

それまでは、少しでも長く使える様にと丈夫な物を選んでいたが、そうではなく、長く、出来るなら生涯使っていける物を選ぼう。メンテナンス次第で寿命がいくらでも延びる様な、むしろ使い込む程に味が出て、自らに馴染んでいく様な。

その考えにはヴィオレットも共感したし、ユランにはぴったりだと思ったのだが……今のところその想いは、半分程しか伝わっていない気がする。

こうして修繕はするようになったが、あくまでも目に見えた劣化が現れてから。何もなくても定期的にメンテナンスをする、という領域には未だ遠い。

それでも、壊れるまで放置しなくなっただけ大分マシにはなったのだろうけれど。

「色々考えてた時に気付いてさ。他にもペンのインクとか、直したり補充したりしなきゃいけないのはあったんだけど、新しく欲しい物っていうのはなくて」

「そうね……勉強会もしたし、色々消耗したでしょう」

「寿命が来てるとかでは無いんだけどね……今日は直し回って終わっちゃうかも」

「それはそれで楽しいんじゃない？」

「ヴィオちゃんが良いならいいけど」

決まってしまえば行動は早い。ユランの先導に従ってお店を回り、預けたり買い物をしたりとその場での用事を済ませていく。

一軒目でファイルの修繕を頼み、後で取りに来ると伝えて店を出る。二軒目でインクを買い、三軒目でペン本体の簡単な修理をして貰った。

「……これで全部かな」

「思ったより少なかったわね」

「そう？　まぁ元々荷物少ないし」

必要最低限とはよくいったもので、ユランの鞄はヴィオレットが持っても軽いと思う程、中身が少ない。教科書が入っている時でもそうなのだから、テスト最終日である今日なんかはほとんど空っぽだ。修理に出すつもりで持ってきた物は有るけれど、それがなければ財布とペンケースだけだった。

「ヴィオちゃん、時間どう？」

「え？　え、っと……まだ少し早いかしら」

ユランの言葉に、鞄のポケットに入れてある懐中時計を見る。そこに刻まれた時間は、修繕の完了予定よりも早いもので。今店を訪ねたとしても、まだ終わっていないからと待機するしかないだろう。

「そっかぁ……どっかで休憩でもする？」

お昼を食べてからそれなりに時間が経っているし、歩き回ったのでお腹には少し空きが出来ているる。夕飯は家で取る予定になっているが、少しお茶を飲んでお菓子を摘まむくらいなら問題無いだろう。

条件に合いそうな店を探して、ユランの視線がさ迷う。この辺りは職人の店が多い界隈である為か、飲食店は少ない。人通りもそれ程多く無いから、喫茶店を経営しても閑古鳥《かんこどり》が鳴くだけだろう。少し離れた所には、喫茶店だけでなく沢山の飲食店が軒を連ねる場所が有るのだけれど。下手にこの辺りから離れても、戻ってくる時間まで計算すると、休憩時間がほとんどなくなってしまう。

ヴィオレットが休める場所、出来れば美味しいスイーツと紅茶があるといい。

そんな場所をユランが頭の中でリストアップしているとは思いもせず、ヴィオレットはある事が気になった。

「……ねぇ、ユラン。貴方時計はどうしたの？」

ヴィオレットの視線が向かう先は、顎に添えられた指の少し下、袖の隙間から覗く手首。つい昨日までは、そこにはシンプルなデザインの腕時計が巻かれていたはずなのに。

今日は何も着けておらず、ヴィオレットよりも二回りは太そうな手首が有るだけで。

「え？　……あぁ、この間なくしちゃって」

一瞬なんの事か分からないという顔をしたけれど、ヴィオレットの視線を辿《たど》って合点がいったらしい。己の手首が普段よりも軽い自覚はあったが、動かし易いのですっかり忘れていた。

あっけらかんとしたユランの物言いに、ヴィオレットの表情が呆れたものに変わる。他の物や人なら、失くしてしまった事への心配が先に出たのだろうけれど……今回はそれを通り越した感情が前面に出た。

「私の記憶によれば、これで四つ目じゃなかった？」

「残念、六つ目です」

「余計ダメよ」

「分かってるけどー……腕時計苦手なんだもん」

ぷくんと頬を膨らませて拗ねる姿は、昔からよく見るお決まりのそれだ。物持ちは良いけれど、腕時計だけは外して何処かに置き忘れてしまう癖が付いているらしい。昔は一緒に捜していたけれど、何度言っても直らないので、今では九割方諦めている。ユラン本人に至っては随分前から開き直って、時計は適当に安い物を使う事にしているらしい。

「どうもあの、手首が窮屈なのがダメなんだよねぇ。動かし難《にく》いし、サイズ合わせても締め付けられてる感じがする」

「気持ちは分かるけど、無いと困るでしょう？」

「学園内では全然。外にいる時はちょっとだけ」

「やっぱり」

学内では、そりゃ教室に時計はあるし、鐘だって鳴るから特に困る事は無いだろうけれど。それでも時間を把握しておく事は重要であり、自分の時計を確認する癖はつけておいた方がいい。時は金なり、信頼だって左右する重要な物なのだ。

「ユランは手首が太いから、余計に窮屈に感じるのかしら……」

その気持ちは、ヴィオレットにも分かる。女性用にはブレスレット感覚の腕時計なんかもあるけれど、男性用の腕時計は、ベルトがほとんどの場合革製か金属製で、手首のラインに沿う形の物ばかりだ。

特にユランは体格が良い分手首も太いし、骨ばっているから、サイズが合わないとぶつかって痛いのかもしれない。

「私も腕時計は苦手だけど……あ」

「……？」

「そっか、そうよね……」

「ヴィオちゃーん？　どうしたの？」

一人うんうんと考え込み、頷いて勝手に納得したヴィオレットの顔前で、ひらひらと手を振ってその視界を遮ってみたけれど、効果は無い。
結局ユランが見守り役に徹しようとした、そのタイミングでヴィオレットの顔が上がり、ユランを真っ直ぐに見詰める。

「ヴィオ、ちゃん？」

「ユランはお腹空いてる？　疲れたかしら？」

「ううん、俺は平気だけど……」

「なら、決まりね」

「え、何が──っ」

ヴィオレットの手が、ユランの手首に回る。一周出来ずに指と指の間はくっついていないけれど、柔らかい手のひらの感覚を伝えるには充分だ。
急かす様に引っ張ってくる力に従って、先を行くヴィオレットの歩調に合わせて足を動かした。
力も歩調も、ユランのそれとは比べ物にならないくらい弱くて小さい。幼いユランは、この人を完全無欠の守護者だと思っていた。そして事実、守られていた。

守りたいと思った時に初めて、この人がこんなに小さくて柔らかくて、弱い存在だと知った。ユランの手首すら拘束出来ない、小さな手しか持っていないのだと。

そしてそんな小さな手に、ユランは一生敵わない。

ヴィオレットの指一本、爪の先にすら、ユランは敗北するだろう。

今この瞬間、唐突な彼女に抗う選択肢を持たない様に。

「ヴィオちゃん、行きたい所でもあったの？」

何をしに行くのか、何処に向かうのか、何も分かりはしない。ただ、ヴィオレットが何処かに向かうというなら、ユランが付き従うに充分な理由になる。

早足なヴィオレットと違い、ユランは一人で歩く時と同じ歩幅で進んでいく。教えて貰えなくとも付いていくし、何なら捕まえておく様に手首を握ったりしなくっても良いのだけれど。わざわざ口にしてこの幸せな状況を自らふいにする必要はないだろう。

ユランの疑問に、少しだけ振り返ったヴィオレットの横顔が楽しそうに笑っていた。

「ユランへのご褒美、買いに行くのよ」

68. 守りの生贄《いけにえ》

ヴィオレットがユランを連れて向かったのは、一軒の時計屋さん。さっきの場所からは少し離れてしまったから、ここを出たらそのまま修繕したファイルを受け取りに行く事になるだろう。休憩は出来なくなるが、元々ユランは疲れていないし、ヴィオレットがこちらを優先したなら異を唱えるつもりは欠片もない。

そして直前の会話からも、ここに何をしに来たのかは聞くまでもなく明らかで。

「私の時計もここで買った物なの。腕時計以外も取り扱ってるし、デザインも豊富だから」

「へぇ……ヴィオちゃん、この辺来た事あったんだね」

「そう、って言いたい所だけど、実は初めてなの。私の時計を選んでくれたのはマリンだから」

「あぁ、そういう事」

ヴィオレットも、ユランと似た様な理由で腕時計が得意ではない。装飾品が苦手という事もあるし、ヴィオレットが持っている腕時計はそもそも本人の趣味嗜好《しこう》を完全に無視した物だ。かつて父が使っていた物を修理するか、全く同じデザインを特注するか……男性的なデザインが圧倒的に多い。そしてサイズも、ヴィオレットの細い手首ではすり抜けてしまう。

だからマリンが今の懐中時計を用意してくれるまでは、彼女とお揃いのシンプルな腕時計を使っていた。合皮のベルトに時計部分がくっついているだけの、シンプル過ぎるくらいなデザインだったが、自分が持っているサイズもデザインも合っていない物よりはずっと良い。

ただそれでも、手首を拘束される様な感覚にはどうしても慣れる事が出来なくて、着け忘れが多発している内にマリンが今の懐中時計を見つけてきてくれたのだ。

「これなら鞄につけるか、ポケットに入れておくか出来るでしょう?」

並んでいる沢山の文字盤を眺めながら、ユランに合いそうな物を探す。

自分の時はマリンに任せて正解だったけれど、ユランの物を選ぶのは何となく心が弾む。自分の物を選ぶ時は似合う似合わないを判断するだけだが、ユランが気に入る物を探すとなるとそれだけ責任があって、だからこそ楽しい。相手がユランだから、というのが大きいのだろうけれど。

ユランの好みを把握しているから、というより、彼ならもし可笑しな物を選んでも責める事なく笑ってくれると思うから。

「手が大きいから、あんまり小さいと使い難いわよね」

「そうだねぇ……でも、ヴィオちゃんが選んでくれたのなら大事にする」

「そういう事を言ってるんじゃなくて」

元々自分がある程度先導するつもりではあったけれど、ニコニコしながらヴィオレットの後ろをついて回るユランは、完全に選択権を委ねるつもりらしい。最早時計ではなく、悩んでいるヴィオレットにしか目が行っていない。

「貴方が使う物なんだから、ちゃんと使い易い物でないとダメでしょう」

そう言って、目についた物を手に取った。デザインに対するこだわりの少ないユランには機能性が重要になってくる。丈夫で、手に馴染む物がいい。

（うーん……）

似た様な大きさの物が並ぶ時計達は、自分の手のひらには丁度良いけれど、ユランにとっては小さ過ぎるだろうか。多少は存在感がないと、忘れられ放置されたこれまでの腕時計達と同じ運命になってしまう。腕時計をよく失くすという事は、ユランには時計を持ち歩く習慣自体があまり育っていないだろうから。

できれば長く使って欲しいし、気に入って貰いたい。正直全く必要無い心配なのだが、ユランの内心を知らないヴィオレットがそう考えるのは当然だろう。

「俺の手に合わせたら凄い大きさになると思うよ?」

「まぁ……そうよね」

ヴィオレットの目線の高さで、ユランの大きな手のひらが揺れる。ヴィオレットの手どころか、顔もすっぽり覆えそうなくらいに大きな手は、身長を考えれば当然ではあるけれど。ヴィオレットには手のひらサイズに感じた懐中時計が、ユランに渡った途端子供の玩具《おもちゃ》の様に見えてしまう。

「ポケットに入れて取り出し易ければそれで充分だよ。大きすぎても困りそうだし」

他人事の様に言っているが、使うのはユラン本人だと分かっていないのか……分かっていて全面的にヴィオレットに任せているのだから、たちが悪いというか。仮にどれだけ奇抜で不便な物を選ばれたとして、ユランにとって最高のブランドはヴィオレットが自分の為に選んでくれた物だという事なので、何一つ問題無いのだけれど。

ヴィオレットからすれば、普段時計をよく失くすユランに時計を贈るのだから、少しくらいヒントが欲しい。

ぷくん、と少し頬を膨らませて、笑顔を崩さないユランをジトッと見上げた。拗ねた様なその表情にユランが何か言うよりも早く、その腕を両手で摑んで自らに引き寄せる。

「ユランも、気に入ったのがあったらちゃんと教えてよね」

「…………」

不意打ちで目線の高さが近付くと、きょとんとしたユランの表情がよく見える。目をぱちぱちとさせて驚いてはいるけれど、不快感を抱いた様子は無い。子供の悪戯《いたずら》を許容するかの様に、くすくすと笑みを溢すだけだった。

「うん……じゃあ、一緒に選ぼうか」

「そもそも使うのはユランなんだからね？」

ご褒美という名目ではあるが、だからといってヴィオレットが選んだ物を何も言わずに受け取る必要は無い。むしろ、折角隣にいるのだから、ユランの希望をどんどん出すべきだ。選んであげたいとも思うけれど、それ以上に喜んで貰いたい。

そしてきっと、一緒に選んでいる時間が一番楽しいはずだから。ヴィオレットが一人で選んで、ただ贈るよりもずっと。

「ヴィオちゃんのはどんなの？」

「私？　私は……」

説明するより見せた方が早いと、鞄のポケットから自分の懐中時計を引っ張り出した。

ハーフハンターやデミハンターと呼ばれる形で、蓋の中央部分がドーナツ型に抜けていて、そこにガラスが嵌《は》め込まれている。銀色のシンプルな作りの中で、針の中心に有る水色の宝石が艶やかに煌めいていた。

マリンが選んだ物ならヴィオレットによく似合うはずだとは思っていたが、ヴィオレットが持っているそれからは何処となく……マリン自身が連想される様に思うのは、気のせいだろうか。

「お守りなんですって」

「……あぁ、それで」

澄み切った海の様なその宝石は、恐らくアクアマリンだろう。お守りとは言い得て妙だ。己と同じ名の石だからか、その石の持つ言葉の事なのか。恐らくどちらも考慮した上での選択だろう。ユランはマリンの事をほとんど知らないが、ヴィオレットを大切に想うその一点に関しては信頼している。そしてそこさえクリア出来ているなら、他の部分はどうでもいいのだ。

何より、ヴィオレットが心から信頼している相手なのだから、下手に勘繰ってヴィオレットの不評を買いたくはない。

「良かったね、ヴィオちゃん」

「ええ」

嬉しそうに微笑んで、懐中時計を両手で包み込む姿からは、それをとても大切にしている事が言葉にせずとも伝わってくる。

人から物を貰う機会が極端に少ないせいも有るだろう。それもヴィオレットを想い、考えて選んでくれる人なんて、それこそマリンとユランくらいしか思い浮かばない。思えば初めて『ヴィオレット』としてプレゼントを受け取ったのは、ユランからだった様に思う。クリスマスだ誕生日だと、子供がプレゼントを貰う機会は多いが、自分はその全てに縁がなかったから。

「どうせなら俺もお揃いにしたかったけど、止めとこうかな」

「え……あぁ、ユランが使うには少し小さいかしら」

「それも有るけど……うん、別のにする」

「……？」


ヴィオレットの懐中時計は、何処となくマリンを連想させるデザインでは有るものの、きちんとヴィオレットの好みの範疇だ。そしてヴィオレットは、元々装飾が多い物を好まない。大きさや繊細なデザインは女性寄りの印象では有るけれど、男が使ってもそれ程違和感はないだろう。そもそもユランに周囲の印象を気にする様な神経は無い。

お揃いなんて魅力的な事、本来ならば飛び付いていた。ヴィオレットだってきっと笑顔で了承してくれるはずだ。

でもこれは、この贈り物は、マリンがヴィオレットの為だけに選んだ物だから。彼女がヴィオレットの事だけを想って選んだそれに、便乗する様な真似はすべきではない。同じ様にヴィオレットを想う者同士、弁《わきま》えるべき礼儀が有る。

仮にユランがマリンの立場だったなら……ヴィオレットの為に選んだプレゼントを、マリンの喜びの為に使用されたりしたら。怒りはせずとも、何かしらの不快感は覚えるだろう。献身に生きるマリンと、心酔と敬愛に身を浸すユランが同じ想いを抱くかは別として、己がされて快くない事は止めておくのが賢明だ。

「ユランに似合うと思う物は沢山有るけど……これって思うのが中々ないわね」

「ヴィオちゃんが選んでくれるなら何でも嬉しいけどねぇ」

「そういう事を言ってるんじゃなくて、どうせなら貴方の好みにあった物が良いじゃない」

真剣な眼差しで悩む横顔に、ユランは自分の口元が緩んでいくのが分かった。

元々好き嫌いという感情自体が希薄なユランの好みなんて、多くの人が把握していないか、誤解しているか。どちらにしても、多くの人間がユランという人間を見誤っていて。ある意味ではヴィオレットもユランの本性を誤解しているのだけれど……僅かな好みや苦手が分かるくらいには、ユランという人間の価値観を把握している。

今、ヴィオレットの頭の中はユランの事で満たされている。彼女が、自分の事だけを考えている。その事実に、喜悦に、埋め尽くされた心が破裂してしまいそうだ。

時よ止まれと願うのは、きっとこういう瞬間。

「ユラン、ちゃんと聞いてる？」

「聞いてるよー」

「その返事は聞いてない時よ、もう……好きなの、無いの？」

「んー、俺は使い易さ重視だから、デザインで選ぶってなると……」

拗ねた様だった表情が一転して、こちらを気遣うそれに変わった。それがこの楽しい時間の終了を告げる。これ以上はヴィオレットに要らぬ心配と不安を与えるだけだ。

時よ止まれと願った所で、そんなもの叶いはしないと知っている。時間を売るこの店では、ユランの願いはただただ滑稽だ。

どれくらい時間が経ったのか分からないが、ユランが頼んだ修繕の受け取りもある。これ以上時間を掛ける事は出来ない。

ならば適当な理由を付けて、この場は何も買わずに店を出るのも良いだろう。選べないと言えばヴィオレットは納得するだろうし、それを口実に後日また彼女と出掛ける事だって出来る。

打算にどれだけ塗《まみ》れていても、弟のフィルターが有る限りヴィオレットはそれを受け入れてくれる。そんな知恵を働かせて、今日は帰ろうと告げる――つもりだった。

「あ……」

「ヴィオちゃん……？」

ふと、視線を逸らしたヴィオレットが、吸い寄せられる様に二歩三歩。今まで見ていたのとは別の棚の前に行くと、膝に手を突き一つの懐中時計を観察して。

探る様だった目は、何かに納得すると小さな喜びに煌めいた。

「やっぱり……」

「どうしたの？」

「これ、私の時計だわ」

「……？」

私の時計とは、一体どういう意味なのか。悪戯っ子の様な表情で笑うヴィオレットに尋ねても、恐らく答えてはくれないだろう。

不思議に思いながら、ヴィオレットが指差す先に視線をやる。それだけで、彼女の言っている意味が簡単に理解出来た。

ハンターケースと呼ばれるタイプの懐中時計。その蓋部分一杯に、大きさの異なる独特な花弁で構成された花が咲き誇る。水に溶けてしまいそうな薄い紫の宝石が、美しい花畑を作っていた。

「なるほど……確かに、ヴィオちゃんの時計だね」

あしらわれているのは、菫《すみれ》の花。宝石の色は、ヴィオレットカラー。

確かにヴィオレットの名を冠した、ヴィオレットの時計……といっても間違いでは無いだろう。

ヴィオレットと名付けたのは両親ではなく母の父、つまりはヴィオレットの祖父なので、その由来を聞いた事は無いけれど。

菫の花に自らを見出す程度には、ヴィオレットは自分の名前が嫌いではない。

「急にごめんなさい、目に入ったからつい……」

「ううん、気にしないで」

つい見入ってしまったが、今の目的はユランのプレゼントを探す事であって、ヴィオレットの時計探しではない。マリンからプレゼントされる前であれば購入していただろうけれど、今はもう他の時計は必要無いと思っている。

そしてユランの方は……流石にこのデザインを使いたくは無いだろう。

色味が淡いからか、モチーフが菫だからか、蓋全面を覆う花畑に派手な印象は無い。繊細な美しさと愛らしさが上品ではあるけれど、男性が使うには愛らし過ぎる。何より繊細な飾りを、ユランはあまり得意としていない。

ならばこれも、ユランへの贈り物には適していない……はずだった、本来なら。

「ね、ヴィオちゃん。俺これにする」

ヴィオレットが背を向けるより先に、ユランの手が菫の懐中時計を摘まみ上げる。少し長めの鎖は、ポケットに入れても首から下げてもいい様にという事だろうか、ジャラッと金属同士が擦れる音がした。

目線の高さまで上げたそれを、嬉しそうに、幸せそうに眺める表情は、ビー玉を太陽に透かす子供みたいで。ユランの纏う空気に、より一層甘さが増した。

「え、っと……」

「俺へのご褒美、これがいい」

戸惑うヴィオレットに、もう一度念を押す。彼女の考えている事は手に取る様に分かるけれど、これが欲しいというユランの本心は揺るがないし、譲らない。

ヴィオレットが、自らとの繋がりを見出した。それだけで、ユランには特別な物になる。そして特別になれば、今度はそれを他の誰にも渡したくなくなる。

独占欲にも似た、でもきっと、もっと重く深い感情。

「これ、俺のお守りにする」

「ご利益有るかしら……」

「有るよー。これなら俺、絶対なくさないし忘れない自信有るもん」

「それはご利益なの？」

仕方ないわね、と。いつものお姉さんの様な笑顔で許容する。ユランの言葉に、姉を慕う弟の延長を見たのだろう。
本当はそんな可愛らしい次元の話ではないのだけれど……ヴィオレットは、知らなくていい。彼女が見たい物、思いたい事を、信じればいい。それを真実にするのがユランの使命であり存在理由だ。

「貴方が気に入ったのなら、それが一番だものね」

「うん、ありがとう！」

爪を研ぐ。あらゆる事柄を準備する。
焦らず、でも確実に。彼女が幸せになる城を、誰にも傷付けられない要塞を。ヴィオレットの為だけの楽園を、築かなくてはならない。
ヴィオレットは知らなくていい。何も知らず、その日を迎えてくれればいい。あの家でヴィオレットを待たせる事は吐き気がする程不快だけれど、急《せ》いて事を仕損じたら、全てが泡になって消えてしまう。

どんな事でもしよう。どんな物でも利用しよう。彼女が、己の想いだけで選択出来る様に。何の憂いもなく、介入もなく、願望のままに手を伸ばせる様に。
人も、想いも、ユランの持つ全てを捧げて。

ヴィオレットの為に、その幸せの贄にしよう。

もし、仮に、この想いが届かず恋心が暴走したとしても。贄にした想いが何にもならず息絶えたとしても、構いはしない。

ユランがヴィオレットを傷付ける事だけは、絶対に無いのだから。

69. 諦めの対価

意外にも、ヴィオレットには門限が存在し無い。ただそれは自由が多い訳ではなく、むしろよりシビアな現実が有るという意味で。

ヴィオレットの門限を左右するのは父でも、ヴィオレット本人でもなく、メアリージュンもしくは義母。彼女達のどちらかでもヴィオレットを気にすれば、その時点でヴィオレットは門限を超過した事になり、二人が気にしなければ朝帰りしようと興味を持たれる事は無い。

いや、外聞が悪いと怒られる可能性は有るが……ヴィオレットの身を案じる感情は皆無。一欠片、砂粒程度も無い事は嫌という程思い知っている。既に傷付く心は枯れ果てた。

今ではもう何の感情も気力も湧かず、仮に不満をぶちまけられても右から左へと聞き流せる様になった。感情を動かした分だけ損をするのだから、いっそサンドバッグに徹した方が楽なのだ。慣れなのか諦めなのか……どちらにしても健全な状態ではないが、そもそもこの家で健全な生活が出来ると思った事は無い。

「緊張したけど、精一杯頑張れたと思うの！」

「そうか。初めてのテストで、大変だっただろう」

だから今日も、自分は機械と化す。笑顔の三人を視界の端に追いやって、ただ手と口を動かす無機物になる。

味覚が機能するかどうかはその日次第、ヴィオレット本人にもわからないルーレットの様な物だ。美味しいと感じる事も有るけれど、無心になろうとするとどうしても、食物は栄養の塊でしかなくなり、胃を満たす物体としか認識出来なくなる。

折角作ってくれたのに、申し訳ないと思う。自室で食べる時はあんなに美味しいのに、場所と同じ空間にいる人が違うだけでこうも左右されるとは。

それでも、吐き出したくなる不快感を感じずに飲み込めるのは、それだけヴィオレットを慮って作ってくれているからだろう。舌触りも喉越しも、無味で有る違和感を抱かせない。

その事に安心すると同時に、今でこれならテストの結果が出た後はどうなってしまうのか……考えただけで腹の奥が重みを増す気がした。

※
※
※

テストの結果は、一応廊下に貼り出される。ただ、学年別に階層が違うので、メアリージュン達の順位は分からない。ただ前回と同じで有るならば、彼女は一位の座に君臨している事だろう。

自分が協力しなかった時でさえ、難なくトップの座を手にしたのだ。更に難易度の下がった今回は、最早確認するのも面倒になる。


（私は……四位か）


前回は何位だったか……もう既に覚えていないけれど、かなり上がったのは間違いない。大多数の人間は好成績だと評価するはずだ。客観的に、第三者が見れば、だけれど。

しかし、あの父にとっては、メアリージュンよりも順位が下な時点でヴィオレットは糾弾される。仮に上の順位だとしても……叱責の程度が少し下がるだけで、あの父がヴィオレットを誉める事なんてあるはずがない。これは可能性の次元ではなく、確実に、約束された未来として。

そもそも一位でなかった時点で、ヴィオレットはメアリージュンにとって『一位にもなれない恥ずかしい姉』なのだ。仮に、必死になって一位を取ったとしても、当然だと誉められる事なく事実を認識されるだけで終了。

何とも理不尽な話だ。課せられているのはヴィオレットただ一人で、後の三人は自分達を理想の家族だと思っているのだろうけれど。

（まぁ……もう慣れたけれど）

はぁ、とため息一つで諦められるくらい、慣れて諦めてしまった事だ。最早怒りなど湧いてこない、一度失敗したからか、かなり省エネになった自覚は有る。

「……ユランは、どうだったのかしら」

異母妹に関しては何一つ心配も期待もしていない、色んな意味で欠片の興味も無い。

逆にユランの方は、不安はないけれど心配してしまう。弟の様な幼馴染、たった一つしか歳の違わない相手ではあるけれど、どうしてもお姉さんぶってしまうのは最早癖に近い。

ユランは、どちらかというとメアリージュン側の人間だ。多くを素早《すばや》く吸収し、活用出来る才能が有る。メアリージュンの様に無自覚な天才ではなく、自分の能力を正しく理解しているタイプではあるけれど。何にしても、優秀である事に変わりは無い。

それでも安心ではなく心配が先に来るのは、心の何処かでまだユランを子供扱いしているからだろう。背中に守っていた小さな少年は、立派な青年に成長した。それでも、ヴィオレットにとっては可愛い可愛い弟分で、家族よりもずっと大切な人だから。

まるで過保護な母親だと、己の感情に苦笑した。

「頑張っていたし、きっと良い結果は出しているだろうけれど……」

それがどのレベルなのかが、いまいち想像出来ない。

そういえば前回は、一度もユランのテスト結果を聞かなかった……聞く、余裕が無かった。ただでさえメアリージュンにあらゆるプライドを粉微塵にされていた上、父には侮蔑され叱られて。存在否定なんて当たり前、努力を認めない癖に努力しろと言う。矛盾が酷くて意味が分からないが、父にとっては真っ当な理屈だったのだろう。反論すればしただけ飛んでくる理不尽に、よくもまぁ一年も耐えたものだ。むしろ一年分の鬱憤が大噴火を起こした結果が牢獄という末路だったのか。

精神の疲労が度を越していた為か、ユランを気に掛ける余裕も隙間も無かった。むしろ沢山気を遣わせた様に思う。あの頃、心配を掛けていたのは自分の方だった。

あらゆる事を捨て、諦めたけれど、その結果ユランを想う余裕が出来たのなら、充分なリターンだ。

（あ……後、お二人にもお礼をしないと）

クローディアとミラニアのおかげで実力以上の結果を出す事が出来た。頼んでくれたユランにも改めてお礼をする気ではいるが、二人には更に、メアリージュンの面倒をみてくれたお礼も加えなければならない。

妹の代わりをするつもりはないが、メアリージュンにきちんとしたお礼を出来るとは……正直思えない。礼儀を弁えていない云々ではなく、彼女の価値観は未だに平民寄りなのだ。本人に改良する意思は有るらしいけれど、王子様相手に失敗は許されない。

そして仮に彼女が何か仕出かした場合、叱られるのはヴィオレットだろう。

クローディア達からではなく、あの盲目な父から。メアリージュンに対して愛情以外を与えたがらない父は、彼女の無知の責任までこちらに押し付けて来かねない。

（マリンに頼んで、何か用意して貰いましょう）

彼らの好みが分からないから、出来るだけ万人受けする物がいい。お菓子が無難だろうか、ならば料理長に聞くのも良いだろう。彼絶賛の茶葉はクローディア達も気に入ったようだし、他に珍しい食材がないか、夕食が済んだ後にでも聞いてみよう。

その為にはまず、父の理不尽な物言いに耐えなくてはならないのだけれど。

それを嫌だと思う事も怒りを覚える事もなくなったのは、成長ではなく退化なのだと気付いて、考えるのを止めた。

70．二酸化炭素の価値

今日も今日とて、はりぼての団欒は息苦しい。慣れたと言っても、この居心地の悪さを感じなくなる訳ではないのだ。ただそれを我慢し、耐える方法を確立したというだけで。

そして今日は、普段よりも三割程増しで息苦しい。胸の辺りを押し潰されている様な不快感のせいか、咀嚼《そしゃく》して飲み込むというだけの動作がやけに億劫《おっくう》で。この不快感は……胸焼けした時に似ている気がした。

「聞いているのか、ヴィオレット」

「……はい」

なんて、欠片の現実逃避すら許されない。いつもはヴィオレットが何をしていても気付かない癖に、こういう時だけはいちいち目敏くて嫌になる。今さらオブラートは不要だろう、正直に言えば鬱陶しい事この上ない。

さっきから似た様な事を繰り返す相手に、多少雑であってもきちんと対面しているだけ誠実だと思って欲しい。確かに聞き流してはいるが、聞いた上で流しているだけ以前よりもずっと譲歩している。前は一言ごとに噛み付いて、三倍になった説教に五倍で返してと、収拾のつかない大喧嘩《おおげんか》になっていたのだ。今のヴィオレットには、そんな面倒を起こす無駄な気力も体力も無い。

「全く……少しはメアリーを見習え。姉でありながら妹に劣るなど、恥を知れ」

「もうしわけありません」

感情のない定型文を口にするだけで満足してくれるなら、自尊心や自己肯定感を犠牲にするくらいなんて事はない。そもそも何度となくボッコボコにされているのだから、今さらへし折られるくらい想定内だ。寧ろ折れてしまった方が、あらゆる感覚が遠ざかってくれる。絶望の中は、ある意味とても楽で心地良い。あまり長居をすれば死にたくなるけれど、その前に何とか修復すればいい。

大丈夫、いつも、そうしてきたのだから。今まで何度となく、折られ潰され、時には自ら殺してきた。心が死んだって、心臓は止まらない。手当てをすればまた、少しの痛覚を犠牲に使えるようになる。

「お父様、そういう言い方はダメですよ！」

ぷくんと頬を膨らませているメアリージュンに、迫力を見出す人間はいるのだろうか。少なくとも父にとっては、子猫がじゃれついてきた程度のものでしかないだろう。

ただそれでも、ヴィオレットへのお説教を終了させるだけの力はあったらしい。ヴィオレットの顔から血の気が引いている事には全く気付かない癖に、メアリージュンの一言には直《す》ぐ様《さま》方向転換をする。清々しい程の変わり身だ。

こうなればもう、ヴィオレットはただの空気となる。吸い込む酸素ではなく、吐き出されて不要になった二酸化炭素。

肩に圧《の》し掛かる重みが減った分、胃への負荷が増えた様に思う。ストレスの症状としては一般的だろう。

いっそ穴でも空いてくれたら、この茶番に付き合わずに済むのだろうかとも思ったが、どうせメアリージュンに心配を掛けたとかで文句を言われ、自己管理云々を説教されるのがオチだ。ヴィオレットが床に臥した程度で心を入れ換える人間なら、かつての母の作戦は成功していたはずだから。

「初めてのテストで、大変だっただろう」

「凄く緊張したけど、楽しかったよ！」

キラキラした笑顔は何処までも無邪気で、欠片の曇りもなくヴィオレットを突き刺していく。

ヴィオレットが必死になったそれを、楽しいと言ってしまえるのは、その能力と心根故だろう。純粋な天才は質《たち》が悪い……いや、メアリージュンだからなのか。


ヴィオレットの後ろに控えるマリンは、怒りを通り越して恐怖すら覚えた。父の愛情を欠片も疑わない娘は、姉に対する父の理不尽な叱責にも、愛故のレッテルを貼り付けている。

盲目が過ぎるのはこの両親が故なのだろうけれど……それでも、現実を見ない夢見るお姫様には吐き気がする。性善説、博愛を信仰するのは自由だが、それがヴィオレットの傷を無いものとする目隠しだというなら、マリンにとってこれ以上の害悪は無い。

ヴィオレットの許可さえあれば……いや、許可などなくとも、この阿呆で愚かな親子を手の感覚がなくなるまでぶん殴ってやりたいところだ。それをしないのは、それでこいつらが己の愚かさを理解する訳がないと分かっているからで。

いっそ死んでくれたらいいのにと、願うだけに留める日々を積み重ねて、もう何度目になるだろう。


「よく頑張ったな。お前は私達の自慢だよ」

「ありがとう、お父様。これも全部、お姉様のおかげです！」

「っ……」

丁度口に含んでたフォークを噛み締めると、可笑しな音が耳の奥で響く。噎《む》せるのだけは何とか堪えたけれど、それでも十二分に衝撃的だった。

視線を上げると、ニコニコ笑うメアリージュンと目があった。表情もそうだが、自分達は本当に似ていない姉妹だと思う。自分はこんな屈託なく笑えないし、何よりこの場で笑いたいとも思えないから。

「お姉様達と勉強したおかげで、凄く良い結果を残す事が出来ました！」

「そう……良かったわね」

「はいっ！」

下手に会話を長引かせると、父の目が厳しさを増す。メアリージュンにとって有益な会話をしないというだけで叱られる未来が容易に想像出来てしまう。会話が途切れると、メアリージュンはすぐに両親へシフトチェンジしてくれるので、それだけが救いだ。

一言返して、また食事に戻ろうと視線を下げる……つもりだった。続いた言葉の意外性に、驚かされるまでは。

「それにユラン君も、凄く頭が良いんですね。学年一位なんて！」

「え……？」

「私も頑張ったんですけど、ユラン君には適いませんでした」

楽しげな声が耳に届くけれど、今はその声に反応出来るだけの余裕が無い。予想外の所から殴られて、ただただ驚く事しか出来なかった。

（一位……ユランが？）

ユランが優秀な事は知っているが、それでも今までに一位を取ったなんて話は聞いた事がないし、前回……巻き戻る前のテストで首席を取ったのは、メアリージュンだった。

あの黒歴史が役に立たない事は分かっている。ヴィオレットがどれだけ我関せずを貫いても、周囲がそれを許さないとばかりに騒ぐのだ。その最たるものが父であり、火の無い所に煙を立ててヴィオレットを燻《いぶ》り殺そうとしてくる。

だから、自分の記憶との差に異を唱える気はない、なかった……けれどまさか、こういう結果が待っているとは。

（……頑張っていたもの、ね）

五人での勉強会。クローディアと対面している時間。ユランにとってあまり得意ではない時間が続きはしたけれど、ヴィオレットと二人きりでやるよりも色々と捗《はかど》ったのは事実だ。ユランの心以外は。

（そっか……良かった）

綻びそうになる口元を律し平常心を装う。内心は花が舞っているが、それを気付かれたらどんな言葉の刃《やいば》が飛んでくるか……メアリージュンが敵わなかった相手を賞賛なんてしたら、怒声で殴られるに決まっている。

「そう……」

平淡に、興味が無いとでも言うように。あまりぶっきらぼうでも父の不興を買うのだが、今は意識しないと声が上擦ってしまいそうだったから。幸いメアリージュンが気付く事はなく、話を続けた為、何も言われずに済んだけれど。
その声を右から左へと聞き流しながら、聞いているという格好の中で、心だけが別の方向を見ていた。

嬉しい。自分の事の様に、喜ばしい。
どうせなら本人の口から聞きたかったけれど、折角知る事が出来たなら、こちらからお祝いをしようか。ユランなら自ら褒めてと駆け寄ってきそうだが、たまには先回りして褒めちぎるのも良いだろう。

ヴィオレットの心に温度が戻る。冷えきっていた感情が柔らかく溶けていく。まるでユランに、この空間を乗り越える力を貰った様な気がした。

「――折角だから、ユラン君ともっと仲良くなりたいなって！」

流れ消えるはずの言葉が、重みを増して脳内に沈むまでは。

71. 失望

脳の真ん中、心臓の複製、五感の行く先、神経の通らない臓器——心という機関の奥の奥の一番底。柔らかくて繊細な、最も大切な感情を、唐突に握り潰された気がした。

痛みを感じた訳では無い。いつもは感じる父からの威圧感も、こんな時だけは鳴りを潜めて。良くも悪くも平坦な空間が、ヴィオレットの肩に圧し掛かる。

胸を圧迫する不快感と、背中に伝う冷や汗。さっきまではあんなにも傍観者の立場でいられたはずなのに、今はもう、何一つ客観視出来る気がしなかった。

胸に迫るこの不安を、人は恐怖と言うのだろうか。

だとするなら、今自分は、何に恐怖を感じているのだろうか。

「クラスは違いますけど同級生ですし、お姉様のお友達なら色々とお話ししてみたいです！」

「そ、う……」

座っているはずなのに、足元が不安定で。床が抜けてしまった様な錯覚さえした。何処にも行けない、逃げられない。

真っ正面から受け止める無邪気な笑顔に、追い詰められている。

息が、苦しい。肺が上手く働かない。食道が狭まって唾液すら上手く飲み込めない。目が回って、視界に有る全てが歪んでいた。

今の自分が正常でない事は、理解出来る、けれど。

(な、んで……?)

何故、今、自分は、こんなにも恐ろしいのだろうか。

メアリージュンの性格を考えれば、何の違和感もない発言だろう。博愛に満ちた少女の懐は広大で、だからこそあらゆる物を詰めたがる。事実前回だって、彼女はユランに何度か話し掛けていたはずだ。性格が合わなかったのか、ヴィオレットの妹以上の認識をされる事はなかった様だけれど。

前回と違うなんて、今更だ。クローディアに謝罪をされた時点で、どんな変化があってもおかしくないと覚悟したし、実際今も驚いている訳では無い。むしろ予想の範囲内でも随分と良心的な方だ。

だから、驚きはしない。焦ってもいない。
ただどうしても、覆う恐怖を拭えない。

「そういえば、最近はクラスの子達とも少しずつ話せる様になってきたの」

幸か不幸か、メアリージュンはそのまま話題を変えて楽しそうに両親と話し始めた。今日あった何気ない出来事を、笑顔に乗せて放つ彼女と、それを受け取る両親を、遥《はる》か遠くから仰ぎ見る。
でも今のヴィオレットには、そんな遠く遠くの世界よりも、己の御し切れない想いの方がずっと重要で。

過ぎ去ったはずの恐怖が、脳内に焦げ付いたままだった。

※　※　※

「ヴィオレット様……」

「ごめんなさい、マリン。少し……休むわ」

「……かしこまりました。何かありましたらお呼びください」

「ありがとう」

マリンが去った部屋には、ヴィオレットの息遣いだけが存在する。何処か調子の乱れた呼吸のリズムが耳障りで、過剰に鼓動を繰り返す心臓が不快で。

何度も何度も、さっきの恐怖が反復される。

ドレッサーの鏡に映る自分は、今にも倒れてしまいそうな顔で。ただでさえ白い肌が、血色を失い酷い色をしていた。元々血の気の少ない肌だとは思っていたけれど、今の状態はそういう類いではない。

青褪《あおざ》めている。よく見れば唇が細かく震えているし、額にはまだ乾いていない汗がほんのりと艶めいていた。

恐ろしかった。何が、何かが、怖くて堪《たま》らなかった。過ぎ去ったはずの一幕が、今もヴィオレットにまとわりついて離れない。

（あの子が……ユランと）

ユランの隣で、メアリージュンが愛らしく笑う。人懐っこい者同士、並んでいる姿に違和感は無い。きっと笑顔で会話を続け……友人にだって、簡単になってしまうだろう。

昨日まで、自分だけがいた場所を、共有する。

「っ！　ぁ……、」

椅子が床を無理矢理引っ掻く、嫌な音が室内に響く。勢いよく立ち上がった反動で鏡台が揺れたけれど、しっかりした作りのそれは少しの危うさも見せずに収まった。

収まらなかったのは、ヴィオレットの心臓だけ。

胸を押し潰す、不快感。それに伴って襲いかかる吐き気。胃の中身は変わらず消化を待っていて、食道を逆流しそうな様子は無いのに、何かが溢れ落ちそうで反射的に口を塞いだ。

ゆっくりゆっくり、時間を掛けて、乱れた呼吸を整えていく。塞いだ指の隙間から大きく息を吸い込み、少しずつ吐き出すを繰り返した。一瞬で染まった脳内を落ち着かせる意味も込めて、ただただ、己の意識を正常化させる為に。

どれくらいの時間、そうしていたのか分からない。

何秒、何分、もしかしたら自分が思うよりもずっと短かったのかもしれないけれど。ヴィオレットにはもう、時間を意識する気力すら残っていなかった。

それ程の衝撃であり……途方もない失望だったから。

(独占、を……したかった、の？　私は、ユランを)

感じた恐怖の理由、あんなにも、不安に思った訳。

ユランが、メアリージュンと一緒にいる事が恐ろしかった。想像しただけで、叫び出してしまいそうだった。

ヴィオレットではない、メアリージュンを傍に置くユランを、見たくないと思ったから。

独占欲。

「ッ――!!」

音にならなかった悲鳴が、噛み潰されて体内を巡る。さっきまであったメアリージュンへの恐怖心は掻き消されて、残ったのはただただ、己に対する失望感。

絶対に抱《いだ》きたくなかった。もう二度と間違わないと誓った。全ての始まりであり、エンディングを塗り潰した欲望。

愛を、幸せを、独占したいと思ったから、ヴィオレットの世界はあれ程歪み堕ちた。思い知ったはずだ。自分の欲は誰も、自分すらも幸せにしないのだと。

だからこそ、神への献身に命を捧げると決めたのに。

(よりにもよって……っ)

口を塞いでいた手は、気付くと額に置かれていた。乱暴に髪を掻き上げて、堪えきれなかった舌打ちが漏れる。

ずっとずっと、出会った時から変わらずヴィオレットを慕ってくれる大切な幼馴染。可愛い弟の様な男の子。少しずつ成長する姿を、見守っているだけで幸せだと思っていた。

取られたくないなんて、考えてもいなかった、のに。

「……ごめん、ユラン」

誰もいない、本人にも届かない謝罪の意味を、ヴィオレット自身も分かってはいなかった。

72. 理性の鍵

独占欲の末路を、ヴィオレットは二つ知っている。

一つは勿論、己で経験した断罪の結末。もう一つは――たった一人を愛し求めた、愚かな女の成れの果て。

命が尽きるその瞬間まで一人の男を求め続けた女は、死をもってしてもその心を手にする事は出来なかった。病に臥せば、命の危機が来れば、戻ってくるのではないかと期待して。欠片の想いも報われず、ただ死んだだけの人。

それが、ヴィオレットの知る母の姿。


(……さいあく)

ベッドの上で、起き上がる事も忘れたまま額を押さえた。疲れが全く取れておらず、むしろ夢見が悪かったのか眠る前よりも体が重く感じる。幸い……かどうかは分からないが、夢の内容は覚えていないけれど、相応の悪夢を見たのだろう。

頭痛や胃痛には慣れ過ぎて鈍くなっている自覚は有るけれど、代わりに得体の知れない重圧や倦《けん》怠《たい》を感じる頻度は増したので、どちらの方がマシなのか悩む所だ。マリンが聞けば、どちらも体に毒でしかないと言うのだろうが。

体重以外の重量が増して動かしづらくなった体を起こし、覚束無い足取りで鏡台の前に向かう。ふらつくのは寝起きだからというだけではないだろう。寝不足の時と同じ症状で、睡眠による回復作用は悪夢によって粉砕されたらしい。

「やっぱり……少し充血してる、かしら」

鏡に映る自分の顔は、いつもより色が悪い。生きている人間にしては血の気が無くて、青白い肌は昨日見たそれよりも更に血色が乏しくなっている。

そのくせ目元だけは痛々しいくらいに赤らんでいる。目の奥に感じた重みである程度は予想していたが、出来る事なら外れていて欲しかった。

顔色の悪さは、化粧である程度誤魔化せる。マリンには心配を掛けてしまうけれど、彼女には下手に隠した方がかえって傷付けてしまう。そして何より、マリンの方もこの結果を予想しているだろうから。

問題は、もう一人。ある意味では本人以上にヴィオレットを知り尽くしている者がいる。

（ユランにもバレるわね、これは）

ほんの僅かであっても、ヴィオレットの変化に気付かない訳がない。仮に充血してなくとも、化粧の濃さでバレてしまうだろう。

いつもなら、申し訳ないなと思うだけ。心配を掛けた罪悪感はあっても、きっと笑ってありがとうとごめんなさいが言えた。そしてユランも、渋々納得してくれた。そんなやり取りに心を救われていたはずだった、いつもなら。

「…………」

出会ってから、ただの一度も抱いた事のなかった感情。他の誰を遠ざけても、ユランだけはいつだって特別だったのに。

ユランに会うのが怖い。その笑顔を想像するだけで、昨日の恐怖が甦《よみがえ》る。

自分の欲が、彼を傷付ける可能性が、恐ろしい。

「どうしよう……」

解決しない問題に頭を抱え、結局マリンが呼びに来るまで、何も手につかなかった。

※※※

元々、ユランは毎日ヴィオレットの許を訪れていた訳ではない。確かに頻度は多いと思うが、それでも彼にだって他の交遊関係が有るはずだ。ユラン本人の口から聞いた訳ではないけれど、彼のコミュニケーション能力を考えれば容易に想像がつく。

テスト期間はほぼ毎日隣にいたけれど、終わってしまえば以前の通り。

それに対してこんなにも安堵し、こんなにも気まずい感情を抱く事になろうとは……昨日までの自分は想像もしていなかった。

「はぁ……」

溢れたため息は思いの外大きな音ではあったけれど、今この場所にはヴィオレット一人しかいない。

木々の陰になっているこのガゼボは、きちんと清潔に保たれてはいても使用される事はほとんどない。日が当たらないせいか常に肌寒く、人目に触れ難いので存在を知らない者も多い。何より、ガゼボ自体は綺麗だが周囲は自然を残している。景観は整えてあるので遠くから見ると美しいが、あまり近寄りたい雰囲気ではない。
ユランを避ける為とは思いたくないけれど、人気《ひとけ》がなく普段自分があまり使わない場所を選んだ時点で、否定する事は出来ない。
少なくとも、今はただ一人で、この感情の整理をつけたかった。
罪悪感と自己嫌悪。何度も感じた事のある二つではあるが、今までで最大だと思うのは気のせいじゃない。

（……解決策なんてないじゃない）

そもそも、何かが起こった訳では無い。ただ己の中に芽吹いていた存在に気が付いて、勝手に落胆しただけの話なのだ。解決する以前の問題で、対策はただヴィオレットが気を付けるしかない。
間違っても、ユランを避ける様な事だけはしたくない……と、思っているのだが。

「少し甘え過ぎたわね……」

思わず漏れた自嘲の笑みが、誰もいない空間に漂う。自覚する以上に心は参っているらしく、ベンチの背凭《せもた》れに体を預け天を仰いだ。真っ白な天井に遮られて、空は見えなかったけれど。木々を揺らす風はやっぱり少し冷たくて、ほんの少し太陽が隠れるだけで薄暗くなって。

まるで、何処かの牢獄みたいだ。

目を瞑《つむ》ると、今でも鮮明に思い出せる。所々欠けてはいるけれど、あの日誓った願いも、後悔も、全部胸に刻んで薄れはしない。

でもまだ、足りない。まだまだ、自分の決意は弱いのだ。欲は湧き出るもの、気持ち一つで消えてはくれない。だからこそ、それを律する理性を強固にしなければ。

呼吸一つ、瞳を開けば、世界が変わっているなんて幻はない。心持ちは移り変わるから、簡単に流れてしまうから。それでも大事にしたいなら、必死にしがみつくしかない。

この気持ちが、この欲が、あの子を傷付けない様に。

(頑張るから……絶対)

律してみせる。無くしてみせる。いつか必ず、消してみせる。

握り締めた両手に固く誓って——僅かに芽生えた切なさには、気付かないふりをした。

73. 後に必然と呼ばれる最初の数秒

サクサクと、芝生《しばふ》を踏む音が近付いていた事に気付いたのは、その音の主が現れてからだった。

「え……っ」

相手が驚きの声を上げるのと、ヴィオレットが振り返ったのはほぼ同時で。こんな所に人が来るなんて、と自分の事を棚に上げて思ってしまった。ヴィオレットが来ている時点で、同じ様に人目を避けたい人間がここを選んでも可笑しくないというのに。
ただその人物を認識した後は、ここに人が来たという事以上に、何故この人がこんな所にいるのか、という方で驚いたけれど。

「ロゼット様」

「ヴィ、オレット、様」

今日も今日とて、愛らしく可憐な存在感。美しく伸びた背中に、美しい紫の髪が靡《なび》いている。歪みの無いストレートヘアは羨ましい限りだ。薄く紫の乗った瞳を真ん丸く見開いていて、いつもの、笑顔で人々の中心に佇んでいる印象とはまた違った雰囲気を感じさせた。

笑っているのに、笑えていない。笑顔を張り付けてはみたけれど、この後どうすれば良いのか分からないと思っている時の顔。焦り、困惑、ロゼットの頭の中が透けて見える。

「え、っと……」

胸に抱えた何かを更に深く抱き込んで、視線をさ迷わせては口ごもる。

その態度が何を意味しているのか分かる程、自分は彼女を知らない。ただロゼットが、ヴィオレットの存在に何かしら不都合を覚えているのは明らかで。

「ごめんなさい、すぐお暇《いとま》するわ」

「あ……っ」

自分を好まない人がいる事には、既に慣れている。今さら傷付いたりもしないし、それに対して悲しむ事もなければ対抗しようとも思わない。嫌悪を悪意としてぶつけられさえしなければ、ヴィオレットにとってそれは毒でも薬でもないのだから。

立ち上がり、通り過ぎようとした、その腕を。

「ち、違……っ！」

捕まれたと同時に、バサリと音を立ててロゼットの抱えていた本が落ちた。

「っ……」

「っ、ごめんなさい、大丈夫……」

すぐに拾おうとした二人の手が、空中でぶつかり止まる。片方は不自然に、もう片方は自然と。前者はロゼットで、後者がヴィオレットだ。下を向いた二人の視線の先では、開いた本の頁《ページ》が弱い風に少し揺れている。

抱えていた時は、ブックカバーで分からなかったその内容。小説か何かだと思っていたが、開かれたページには沢山の色があった。ただそれは、絵本なんかの類いではなくて。

「……図鑑？」

「ッ――」

目から得た情報を整理する最中、溢れた単語に、ロゼットの肩が分かりやすく跳ねた。地面に手を伸ばした姿で固まったまま、その指先が小刻みに震えて見えるのは、その体勢が辛いからとかではないだろう。

開かれたページには、沢山の写真と細かな文字。幼い頃、母が用意した本の中に、似た様な物があった。まだ、ヴィオレットがヴィオレットでなかった頃。男の子として、育っていた頃。

だからこそ、ロゼットが持っていた事がとても意外で。図鑑を持っていた事もそうだが、何よりもその内容が。

きっと多くの人が彼女に抱く印象は、美しい花々が鮮やかに彩るページを捲《めく》る姿だろう。遠くからロゼットを見ていた頃のヴィオレットも、おおよそ似たような印象を持っていた、けれど。

固まったロゼットの代わりに、落ちた本を拾い上げて細かい砂を払った。ブックカバーは汚れてしまったけれど、特に傷は付いていない。中身を少し確認したが、破れたりもしていなかった。

「はい、どうぞ」

「ぁ……は、い……」

ぎこちない動きで差し出された本を受け取って、ここに来た時と同じ様に胸に抱え込む。あの時は驚いて体に力が入っていたのかと思ったが、どうやら本の存在を隠したかったからしい。だとしても、既に中身まで知られた後ではあまり意味のない行動ではあるが。

「あの、これ、は……」

言い訳をしたいのに、上手い言葉が見当たらない。知られてしまった今となっては、どれだけ嘘を並べて誤魔化そうとも無意味だ。だから口を噤む事しか出来なくて。

彼女の内心が手に取るように分かるのは、何もロゼットが分かりやすいからだけではない。同じ様な事態を、ヴィオレット自身体験した事があった。だからこそ今のロゼットがどういう状態なのか、何を言いたいのか、何を心配しているのか、簡単に想像が付いた。

「説明したくないなら、別に構わないわ。何も聞かないし、言わないから」

「え……？」

「忘れろと言うなら、そうしましょう。……知られたく、なかったのでしょう？」

対面した時、ロゼットがあんなにも居心地悪そうにしていた理由は、ヴィオレットがいたからではない。人がいた事そのものに驚きと焦りを感じていた。

隠したいから、隠れようとしたのに、そこに先客がいたら焦りもするだろう。ましてや相手は、良い噂の少ないヴィオレットなのだから……とすると、やはり焦りの原因はヴィオレットだったのかもしれない。

「私が誤解したと気付いて、止めてくれたのよね」

自分がヴィオレットを嫌がったのだと、ヴィオレットが誤解したと気が付いたから、ロゼットはそれを解こうと腕を引いた。

その結果、彼女の秘密は暴かれる事になってしまったけれど。誰も悪くない、ロゼットは勿論、ヴィオレットだって。ただ偶然の悪戯が働いただけで、責められる人は誰もいない。

だからといって、ロゼットの心を慰められる訳ではないけれど。

「ありがとう。気を遣わせてごめんなさい」

何にせよ、人の秘密を吹聴《ふいちょう》する趣味は無い。乱暴な言い方をすれば、興味も無い。信頼関係のない間柄では説得力に欠けるけれど、目に見える保証は出来ないのでこればかりは信じてもらう他ないが。

「幻滅、なさっていないんですか……？」

「……何に、かしら」

「だって私……」

「確かに……珍しい事ではあるかもしれないけれど」

ロゼットの持っていた本の名前は、爬虫類《はちゅうるい》図鑑。

この学園では、あまり好まれない種類の物。花を愛《め》でる者も、自然を好む者も多いが、そこに必ず付いてくる虫や爬虫類は受け入れられないらしい。だからこの学園には多くの自然が有るけれど、そういった生き物を目撃する頻度は少ない。外から侵入される事はあっても、学園敷地内で繁殖する事はまずないだろう。

性別年齢問わず、苦手である事が当然となっている。

「貴方が何に惹かれても、それは貴方の自由だもの」

誰かの好きは誰かの嫌いで、誰かの嫌いは誰かの好きで。万人に受け入れられる物しか愛してはいけないなんて決まりは何処にも無い。選択の権利は自分だけが持っている、何を好きでも嫌いでも、自由に選ぶ事で個性が出来る。

多数派に埋没したいというなら隠すのも手ではあるが、何も好きを嫌いに変換する必要は無い。

「まぁ、苦手な人は本当に苦手だから、場所と人には気を付けた方がいいと思うけれど」

好みの自由と、周囲への気遣いはまた別物だから。

好きの押し付けも、嫌いの強要も、一線を越えれば迷惑でしかない。それはもう自由ではなく、ただの侵害である。

かつてのヴィオレットは、それを理解していなかった。だから押し付け、強要し、最後はヴィオレット自身が害とされた。

もう随分昔の事の様に感じるけれど、まだ、あの日握った殺意の感覚を覚えている。

「それでは、ごきげんよう」

軽く頭を下げて、もう振り返らない。すれ違っただけの出会いはすぐに頭の隅っこに追いやられて、脳内に渦巻く靄《もや》を晴らしてくれるだけの衝撃はなかった。

ただほんの少し、彼女の名前の色が濃くなっただけの、ちょっとした、巡り合いの出来事。

74. 完璧な偶像

完璧とは、人の想像から外れない事だと思う。

綺麗、美しい、可愛い、素晴らしい、理想的。沢山の誉め言葉が、自分の中に積もり積もって埋もれていく。

本物の、自分の概念が、潰れていく。

それが苦痛なのだと気付いた時には、降り積もった澱《おり》に足が沈んで身動きが取れなくなっていた。

ロゼット――薔薇を連想させる自分の名前は、嫌いではない。

ただ、花の様な人だと言われる事は、とても窮屈だった。

(やっぱり、今回も無い……)

中等部の時も、高等部に上がってからも、新刊が入ったと聞く度に欠片の期待を抱いては落胆してきた。

何処よりも膨大な蔵書数を誇る学園の図書館には、あらゆる分野の専門書まで網羅されている。だからある意味では、ロゼットが所望する物も、あるには有る。同じ分野という意味では、素晴らしい専門書が用意されている。

ただそれは、あくまで専門書。難しい研究結果が細かな文字で綴《つづ》られているそれを、趣味嗜好だけで楽しめる者がどれ程いるだろう。少なくともロゼットは、文章よりも絵が、絵よりも写真の方が好きだった。

しかし残念な事に、ロゼットが愛する分野に関しては、絵や写真よりも文字だけの説明が好まれるらしい。

「ロゼット様、何かお探しならお手伝いします！」

「ロゼット様がお読みになる物なら、私達も読んでみたいです」

「オススメなんかも知りたいですわ」

「ありがとう、皆様……でも大丈夫、新刊のチェックをしに来ただけなの」

キラキラした視線を向けてくる人達は、ロゼットのオススメを勝手に想像しているのだろう。彼女達の脳内にいるロゼットならきっと、甘くときめく恋愛小説か美しい景色《けしき》の写真集、仮に意外だと言われる物を選ぶとしても、せいぜい難解なミステリー小説といった所だろう。

「きゃぁっ！」

「ちょっと誰⁉　窓を開けたままにしていたのは‼」

悲鳴が上がる。視線が向かう。声のした壁際の一角からは、あっという間に人気がなくなっていた。開かれたままの本、ノート、そんな物の傍らにちょこんと居座る小さな生き物。

大きさから見て、恐らくまだ子供のトカゲだ。

四本の足でくねくねと歩いている姿には、何の害意も感じられない。放っておいても、きっと何の影響もない様な小さな存在。

「どうしましょう……」

「今、人を呼びましたわ」

でもこの学園では、絶対に歓迎される事の無い存在。

見つけたら即排除、退治される様な事にはならないけれど、だからといって受け入れられる事も無い。悲鳴と共に距離を取られ、大人を呼んで外へ逃がして貰うのを待つ。好意を持たれる事はなく、苦手意識、嫌悪感を抱いている者が圧倒的大多数だ。
要するに、あまり好かれる類いの存在では無い。
それが、名の知れた令嬢ならば、尚更。

「ロゼット様、大丈夫ですか?」

「……ええ、ありがとう」

固まったロゼットに、心配と不安にくすんだ表情の生徒が声を掛けた。きっと彼女も、爬虫類があまり得意ではないのだろう。そして当然の様に、ロゼットもそうだと思っている。そう思って、心配している。

人の気持ちを慮れる、優しい女の子なのだろう。自分だけでなく、人の気持ちも想像して気遣えるのは、素晴らしい長所だ。

相手がロゼットでなければ、その気遣いが痛みを与える事もなかったはず。

「…………」

知ったら、どんな顔をするのだろう。本当のロゼットが、理想のお姫様が、何より愛好する物が何か。解き放ったら、どんな目を向けられるのだろう。

同じ気持ちでいる事を前提にした優しさは、その前提が覆った後でも変わらないのだろうか。

答えを想像して……そっと、誰にも声を掛ける事なく、その場を離れた。

※※※

始まりは、兄の影響だった様に思う。

二人の兄は、末の妹であるロゼットをとても可愛がった。幼い頃はどんな時も傍らに置きたがって、寝る時も、ご飯を食べる時も、遊ぶ時も、兄と両手を繋いで行動していた。

遊び場が庭ではなく書庫だったのは、兄が妹を思いやったからだろう。王子とはいえ男の子である兄は兎《と》も角《かく》、お姫様であるロゼットが泥だらけになって走り回る訳にもいかない。

兄の声で聞く物語も好きだったけれど、子供の読むそれに更に幼い子供が飽きるのは早くて。元々大人しい性質でもなかったロゼットの興味を引く為に、兄は書庫をひっくり返す勢いであらゆるジャンルの本を読んで聞かせた。可愛らしい絵本に始まり、甘酸っぱい恋愛小説、友情物やファンタジー、果ては詩集にまで広がって。

兄が個人的に持っていた図鑑に手が伸びたのはいつだったか。

そしてロゼットが、その中身に夢中になったのも。

大きな写真に、添えられた説明文。時にはグロテスクな見た目の物もあったけれど、可愛らしかったり、目を奪われる程美しかったり。自分で文字を読めるようになってからは、その生態にも興味を持って。

三人で毎日顔を揃えて、一冊の図鑑に夢中になっていた……もしかしたら兄の方は、妹に付き合ってくれていただけかもしれないけれど。それでも一度だって、その姿を可笑しいと言われた事はない。

咎められた事も、軽蔑された事も、落胆された事も、一度だって無い。

ただ自分の好きな物が——爬虫類を愛するお姫様は好まれないという事だけは、何となく気付いていた。

75. 偶像憧憬

初めて違和感を抱いたのは、兄から離れて女の子と話す様になった頃。

可愛い服も、アクセサリーも、言われるがままに着てはいたが、興味を引かれた事は一度もなくて。同じ年頃の子達が楽しそうにお互いのドレスを褒め合っているのに、自分だけは馴染む事が出来ず、曖昧に笑う事しか出来なかった。

沢山のフリルやリボンを、可愛いとは思う。ただそれを身に纏うのは、動き辛いから好きではなくて。視線は送れても手は伸びない程度の魅力しか感じない。

結局、着飾る事に義務以上の意味を見出す事は出来なかった。


女の子は、可愛い物が好き。虫や爬虫類は苦手。咲き乱れるお花畑を美しいと思い、色鮮やかな毒キノコに見惚《みと》れたりしない。どれだけ純度の高い原石でも、磨かれていない宝石を身に着けたいとは思わない。

女の子を、女の子が夢見るお姫様を、知れば知る程自分とはかけ離れていく。

幸い容姿だけは誰もが理想とするお姫様像に近かったから、それに合わせていれば、期待に応える事は簡単だった。

ただゆっくりと、時間を掛けて、周囲の理想と実際の自我が乖離《かいり》していく。同じ『ロゼット』であるはずなのに、その二つはまるで別人の様。

それを悲しいと思った事は無い。思うよりも早く、仕方がないと諦めたから。

ただ気が付くと、理想ではないロゼットの必要性だけが、宙に浮く様になっていて。

自覚しても止められなかった、変えられなかった。

止めようとも、変えようとも、思わなかった。

隠す事に息苦しさを感じる事も、知られる事を恐怖する事も有るけれど、手放したいとは思わなかった。

だから、いつかこんな日を迎えると――心の何処かで知っていたのだ。

※※※

その日届いた荷物に入っていたのは、兄からのプレゼントという名目の、ロゼットが頼んだ物。

この学園では手に入り辛い……仮にあったとしても、きっと手に取れない類いの物。爬虫類だけでなく、昆虫や毒草の図鑑を持っている所なんて、あまりにも理想のお姫様像から掛け離れている。勉強の為というにも無理が有るラインナップだろう。

それでも、興味を持ってしまうのだから仕方がない。自然と手が伸び、視線が向かうのだから、抗うだけ無駄なのだ。幸いこの趣味を知る二人の兄は、そんなロゼットを受け入れてくれている。それだけで、自分が間違っているかもしれないなんて錯覚は打ち消せた。

別に良いや、なんて、気楽に考える事だって出来た。隠す事への罪悪感なんて、もう何年も前に捨て去って。

これがロゼットなのだと、心の中でだけは胸を張れた。自分だけの世界では、誰よりもその心に従えた。

それが虚勢なのだと、気が付くのはいつだって一歩遅く。

「え……っ」

誰もいないと、決め付けていた。事実今まで、そこに人影を見た事などなかったから。

薄暗く、花の芳《こうば》しさより土と葉の泥臭さが染み付いたその場所は、ロゼットにとってはお気に入り。誰も寄り付かず、時には小さな侵入者まで観察出来る、一石二鳥のスポット。

彼女は、そこに座していた。

曇天に散りばめた宝石の様に、陰の中にあっても鮮烈な存在感。ここは彼女のテリトリーなのだと、無意識に感じてしまう様な。どんな場所であっても、きっとこの人は似合わないなんて言われたりしないのだろう。

彼女が溶け込むのではない。周囲が、その存在に沿いたがるのだと、思わされる。

驚きに染まった表情さえも、美しい。


「ヴィ、オレット、様」


誰もが、その名を知っている。その姿に目を奪われる。惹かれると同時に、遠ざけたがる。その視界に映りたいと望み、同時に畏れ、怯《おび》え、身を固くしてしまう。

数える程しか話した事はないけれど、彼女を取り巻くあらゆる噂と印象は知っている。それが上辺をなぞっただけのものであるとしても、多くの者にとっては真実で。

欠片の事実も知らないロゼットも、そんな幻に現実を見る一人だった。

一瞬の恐怖。それが伝わった事を知って、焦って、誤った。恐怖の先にいたのは確かにヴィオレットだったけれど、その理由は彼女にないのだと。

焦りは隙だ。瞬間的に出来る弱点だ。ほんの一瞬、優先順位を狂わせる、錯覚だ。

「……図鑑？」

そしてその錯覚に、まんまと足を取られたと気付くのは結果が出た後で。後悔とは後から悔いる事だと、思い知らされる。

怖くて、恐ろしくて、否定されたくなくて。幻滅に歪む表情を、想像するだけで体が強張る。美しい唇が、ロゼットの事実を切り刻む未来が脳内を巡って。

——脳内に有る映像など、所詮は妄想だと知った。

「貴方が何に惹かれても、それは貴方の自由だもの」

それはきっと慰めでも何でもない。言うなれば、ただの無関心で、自分は彼女にとって理想を夢見る価値もないのだと。

視線と共に、外された意識。彼女の世界に自分が映らない事が、心の奥をざわめかせる。遠ざかる人影が振り返ってはくれないかと、強過ぎる願望に目を逸らす事も出来なかった。

一瞬前までと真逆の焦りは、いつだって自分の傍らにあったもの。いつだってロゼットにまとわりつき、ついには諦めさせたもの。煩わしいと感じる事さえ忘れるくらい、当たり前にのし掛かっていた重力の正体。

強烈に惹かれた。手を伸ばすのも憚《はばか》られた。ただ、そこに近付きたいと思った。夢を、幻を、真実ではない何かを、その背に重ねてしまった。

思い至る、初めて知る。

あぁこれが――『憧れ』なのだと。

76. 傷付けるのは私で、守りたいのは君で

ヴィオレットには元々、人を避ける能力が圧倒的に不足している。それはある意味正しい事なのだけれど、その理由が避けられる事の方が多かったからだと思うと複雑だ。だというのに、人と関わる機会の少なさに反して、心を閉ざす術《すべ》は身に付けている。あまり省みたくない人生だ。それでも、最低限の交流で切り抜けられる術は身に付けた。心を無にして相手の言葉を聞き流すか、適当な理由でその場から逃げるか、時と場合と相手によって使い分けて。

でもそれは、どうだってよかったからだ。

相手の話している内容も、伝えたい事も、自分に対して抱く印象も、なんだってよかった。好き勝手にヴィオレットを語り、ヴィオレットの為だと宣《のたま》う人の言葉は、いつだって空っぽで。同じように、空っぽの対応が出来た。対話なんてしなかったし、必要だとも思わなかったから。

真っ正面から向き合った時、相手を傷付けたくない時、真摯《しんし》に向き合いたい時。どうすれば良いかなんて……一度も、考えた事が無かったから。

「ヴィオちゃん、見つけたー」

「……ユ、ラン」

この柔らかな笑顔を、どう守れば良いのかが分からない。

※※※

少しだけ、安心していた。放課後になるまでユランはヴィオレットを訪ねては来なかったから、今日は会わずに済むんじゃないかって。明日には、もう少し落ち着いて向き合える様になってるんじゃないかって。

そんな、馬鹿らしいくらいに楽観的な事を、考えていた。

「……どうしたの？」

「え……、ぁ、ううん、何でもないわ」

ほんの僅かな戸惑いが、一瞬の表情に出たらしい。

きっと、ユラン以外には気付かれない程度の変化で、だからこそ彼の前でしか出ないもので。だからこそ、会いたくないと思ってしまった訳で。

そんな風に思う自分に、反吐《へど》が出そうだ。

「ユランこそ、何か用があったのではないの？」

「うーん、用っていうか」

唇を噛み締めてしまいそうな不快感を飲み込んで、表情だけでなく言葉選びにも気を付けた。

強制に近い形で自覚した気持ちは、駆除も除去も出来ていない。ただそこに有る事を知って、監視をしながら対策を考えては怯えているのが現状だ。いっそ取り出して綺麗さっぱり拭い取る事が出来たら楽なのに、脳のシワ一つ一つにまでこびりついたそれは、奥の奥まで入り込んでしまっているらしい。

その目に映る事がこんなにも怖いと思う日が来るなんて、昨日までは想像もしなかった。

「……やっぱり」

「っ……！」

近付いてきた指先に反応が遅れた。
涙袋の下をなぞる様に滑る柔らかな接触が、ユランがどれだけヴィオレットを気遣っているかを窺わせる。ほんのりと冷たく感じるのはユランの体温が低いのか、それとも、ヴィオレットの目元が熱を持っているからか。

「昨日、あんまり眠れなかった？」

心配だと、見ているこちらの方が痛みを覚えてしまいそうな表情で、何度も何度も慈しむその指を、心地良いと思ってしまう。
見上げるくらいに高くなった顔は、もう子供にほど遠い。青年として完成されたユランはもう、可愛いだけの少年を卒業している。ただ可愛がられるだけではなく、こうして、誰かを優しく慮れる人になった。
それはきっと素晴らしい事で、美しい事で、可愛い男の子が素敵な男の人になった証明の様で。

——それが、嬉しかったはずなのに。

「ヴィオ、ちゃん……？」

「ッ……！」

「何が、あったの」

言葉に込められた意思が重みを増して、強く響いた質問にはもう疑問符なんてついていなかった。何かあった、何かが、ヴィオレットの身に起こったのだと。

気付かれた事に、驚きは無かった。それどころではなかった。それを気に出来る余裕なんて、ヴィオレットの心には欠片も存在しなかった。

「なん……でも、ないわ。大丈夫よ」

一歩後ずされば、触れていた温もりも離れて行く。

無理矢理作った笑顔はきっと不格好で、大丈夫になんてきっと見えない。実際、何一つ大丈夫なんかじゃない。でも何が大丈夫じゃないのか、それも分からない。

「迎えを待たせてしまうから、もう行くわね」

「え、でも」

「またね、ユラン」

無理矢理打ち切った会話が如何に不自然か、それを気にしている時間すら惜しかった。何か言いたげな視線を向けられている事にも気付いていたけれど、それすら無かった事にして、強引に別れを押し付ける。それがユランに対してどれ程不誠実な態度か理解していても、それでも、一秒でも早くユランの前から消えたかった。

避けたくなんてない、本当は、今すぐに振り返って来た道を巻き戻ってしまいたい。

でも、他に、どうすればいいのか分からない。

ユランの成長が嬉しくて、いつか、幸せになった彼を、遠くから見守る事が夢で。それはつまり、いつかユランにも大切な人が出来るって事なのに。

そんなの、ずっと昔から分かっていたはずなのに。

あの笑顔が、声が、指先が、心が、ヴィオレット以外の誰かに与えられるなんて、想像もしたくない。

こんな自分に、気付きたくなかった。こんな身勝手な欲を抱いている自分を、ユランにだけは、見られたくなかった。

77. 大蛇の吐息

驚きに似ていた。そして同時に、絶望にも似ていた。

「…………」

一人取り残されたユランは、ついさっきのヴィオレットの様子を反芻《はんすう》していた。眉間にシワを寄せ、瞠目した眼球の中には驚きと焦りが入り雑《いま》じり、今にも崩れ落ちそうなバランスで立っている。口角だけで笑ったその表情が笑顔だと、誰が信じるだろうか。少なくともユランを誤魔化すにはほど遠い。

自分を避ける様に遠ざかっていく背を追いかけるのは、きっと簡単だった。でもそれでは意味がない、むしろ、何の対策もなしにそんな事をすればヴィオレットの心を悪戯に乱すだけ。

今のユランがすべき事は、彼女を追い掛けて問い詰める事ではない。

彼女が何に驚き焦り、あんな表情に至ったのかを考え、その元を断つ事。


（家の事……とは、少し違うな）


あの家がヴィオレットにとって針《はり》の筵《むしろ》なのは、今に始まった事ではない……いや、安住の地であった事が、そもそもない。

それはそれで腹立たしい限りだが、だからこそヴィオレットは、あの家の事で今更驚いたりなんてしないだろう。どんな衝撃的な出来事があっても、舞台があの家ならすぐに傍観と諦観に移行して終わるはずだ。

降り掛かる害に少しの感情も動かない様、心を殺して嵐が過ぎるのを待つのだ。


（となると、なんだ？　俺が関わってるのは……多分、間違いないんだが）


ある種、異常なまでに冷静で平淡な彼女があれ程までに動揺する理由は限られている。

クローディアか……それとも、ユランか。

クローディアの可能性は低い。今のヴィオレットは、恋心に盲従し暴走していたのが嘘の様に大人しく、それがアプローチの仕方の変化なのか、単純に恋心が冷めたからなのか……実際は後者に近いのだけれど、ユランがその理由を知るよしもない。

何にしても、今のヴィオレットがクローディアの事であれ程心乱されるとは思い難い。

(俺が何かした……ってのはないな)

最後に会った時、彼女は楽しそうに笑っていた。仮にそれが作り笑顔であったなら、それに気が付かない自分ではない。ヴィオレットの機微には普段から最大限気を配っているし、彼女の憂いの原因は可能な限り排除だってしてきた。勿論ユランが手を出せる範囲なんて高《たか》が知れているけれど、多少の現実逃避が出来る程度の余裕はあげられていると自負している。

だとすれば、他の理由。ヴィオレットが心乱される、ユランが関わっていてユラン本人が原因では無い事。

(俺とヴィオちゃんの共通って言ったら……あいつくらいしかいないんだけど)

脳内に浮かんだ麗しい王子様のシルエット。ついさっき候補から外したばかりのその人は、確かにユランとヴィオレット両方に因縁の深い相手ではある。ただ、今回は既に落選した身であるから、関係ないだろう。

だとすれば、クローディアの親友であるミラニアか……いや、無い。ミラニアの性格云々以前に、彼の言葉でヴィオレットがあれ程動揺するとは思えない。それが仮にユランに関わる事であったとしても、いや、ユランが関わっているなら尚更。冷静に対処するヴィオレットの姿が簡単に想像出来た。

後は自分の友人であるギアくらいだが……彼こそ絶対にあり得ない。あのマイペースが何を考えているのか、ユランにも推し量れない所があるけれど。他者への関心が薄く、傍観者気質の男である事は出会った当初から知っている。ユランにもヴィオレットにも、取り巻く噂にも然程《さほど》興味のないギアが、わざわざ火種を持ち込むとは思えない。そしてヴィオレットも、ギアに対してそこまで心を開いてはいないはずだ。

心を開いていない相手に、彼女の心は動かない。

(となると、他の誰か……ヴィオちゃんが動揺する様な相手を俺が把握してない訳ないんだけど)

はぁ……と、手詰まり感にため息が漏れた。窓枠に腰を預け、ぼんやりを天井を仰ぎ見る。漏れ出しそうな舌打ちを音になる前に殺して、輪郭の見えない敵がただただ腹立たしかった。

次々に浮かんでは消えていく可能性が、少しずつユランの視野を狭めていく。自分にとって興味のない対象を、無意識に排除していた。

ヴィオレットの不幸の種の一つであり、ユランの事を知っている人物がもう一人。ユラン個人にとってはそこいらの有象無象同様に無価値で、ヴァーハン家という憎悪対象の中に入れてはいたが、個人として意識した事は無い。

そして、そんなユランの感情なんて言葉にしても信じないくらい、無知で無邪気で鬱陶しい人物。

「ユラン君っ！　今帰りなの？」

「……あぁ、そうだけど」

花が舞い踊る様な、可愛らしい笑顔だと、大衆は言うだろう。鮮やかな青色の瞳を輝かせ、風に揺れる髪の一本一本までが美しい。

愛情を受け、愛情で育ち、優しく成長した少女に人はどんな夢を見るのだろうか。

「あの、良かったら少しお話ししませんか？」

「……そうだね、少しなら」

ユランの返答に、メアリージュンはより一層笑みを深めた。きっと多くの人は、その背後に大輪の向日葵《ひまわり》でも見るのだろう。明るく、柔らかく、愛らしい女の子にお似合いの風景を想像する。

ユランは——その首に蛇を見た。

黒く、太く、少し力を込めれば、メアリージュンの細い首なんて一瞬でへし折れる様な、大蛇の姿を夢想した。

自分の吐いた言葉達が、その首にまとわり付いていく姿を、想像した。

ヴィオレットにとって、何時何処何が原因で爆発するか分からない、爆弾の様な相手。恐怖と理不尽しか持ってこない、悪魔の様な少女。あらゆる可能性が交差して、あらゆる選択肢を潰して、導き出した結論。

恐らくヴィオレットの異変の原因は、目の前の女なのだろう。

そしてその一端に、ユランも絡んでいる。それはつまり、メアリージュンがユランの何かを使ったという事で。それがヴィオレットとの関係性なのか、ユランという存在そのものなのかは分からないけれど。

メアリージュンがどういった意図を持っているかは知らないし、どうでもいい。ただ彼女がユランを使って、ヴィオレットに何かしらの不利益をもたらしたという事実だけが重要だ。

(探り、いれとかねぇとなぁ……)

目の前の女が何をしたのか、知らなければならない。知って、考えて、ヴィオレットの心を慮らなければならない。ヴィオレットの健やかな生活の為に、全ての憂いは排除されるべきなのだから。

そしてもし、メアリージュンがその憂いになり得るのなら。家なんて大きな括りではなく、メアリージュン個人に対して、きちんと対処しておかないと。

ユランの言葉一つで息の根を止められる様に、しておかなければ。

78. 善悪問わず

自主的にこんなに早く帰宅する事なんて、今まで一度も無かった。勿論今日だって、決して帰りたかった訳では無い。
ただユランなしで街を歩く気にはなれなかったし、何より、きっと楽しくないだろうから。
ならあの時、もっと話せば良かった、誘えば良かったなんて、帰宅後に考えても後の祭りだ。何より今、ユランと一緒にいたら、余計なあれこれを口にしてしまいそうで怖い。

「ヴィオレット様……」

「少し、休むわ」

「ええ、今準備を致します」

帰宅したヴィオレットの顔色を見たマリンは、すぐに何かを察した様だった。いつもは自分で行う着替えやその後の身支度まで、全ての動きが何処か緩慢な主を手伝い、ソファーに身を委ねて項垂れるヴィオレットの前にホットミルクを用意する。

出来うる限りを尽くして慮ってくれているのは分かるのに、それに応える気力が無い。ありがとうと言って彼女の淹《い》れた甘いホットミルクに舌鼓を打つ事も、このまま眠りに就いて思考をリセットする事も。

大丈夫だと言って、笑ってあげる事が、出来ない。

眠りに落ちる訳でもなく、ただ目を閉じている事しか、出来なかった。

※※※

蜂蜜多めのホットミルクは、ヴィオレットのお気に入りの一つ。淹れ方を教えてくれたのは料理長。マリンが何度も教えてくれとせがんで、何度も何度も練習して、今では『マリンのホットミルク』こそがヴィオレットのお気に入り。

傷付いて、ボロボロになって、それでも蹲《うずくま》るしか癒し方を知らない少女に、どうにかして笑って欲しかった。その方法が分からなかった。何でもいいからヴィオレットの好きそうな物を集めては披露して、こちらを気遣って笑うヴィオレットが辛かった。

そんな中でやっと見つけたのが、蜂蜜をたっぷり使ったホットミルク。ただのホットミルクではなく甘さを増して増して、そして少し冷ました物が良い。温かい物を出した時の、子猫の様にちびちび舐《な》める姿も可愛らしいが、湯気がほとんど立たなくなったそれを飲んで柔らかく笑んだ時の幸福感足るや。

初めてその表情を見た日。ヴィオレットの肩の力が抜けていく様に、マリンがどれ程安堵し、同時に泣きたくなったのか。知っているのは実際にマリンが泣き付いた料理長だけだ。


それから、何度も何度も淹れてきた。その数だけヴィオレットが傷付き、泣く事すら出来なくなってしまったのだと思うと、マリンは自分の腕前を恨んでしまいたくなる。初めは失敗だってした、手際だって悪かったのに、今ではきっと、目を瞑っていても美味しく作り上げられてしまうから。

それでも、彼女が喜んでくれるから。ヴィオレットが笑ってくれるから、こんな最低の経験値でも誇る事が出来た。

ヴィオレットの笑顔が、ありがとうがあったから、これは正しいと思えたのに。


（どう、して……）

着替えたヴィオレットの制服を持って部屋を出たマリンは、背後の部屋で息を殺す主人を思い出す。

（手を、付けられなかった）

今まで、一度だってそんな事はなかった。カップに手を伸ばし、その少し冷めた温もりを両手で包んで力を抜いてくれるはずだった。仮に飲んでいる姿を見られなくても、ありがとうと、笑ってくれるはずだった。

「ッ……」

噛み締めた歯と歯が鈍い音を響かせて、舌打ちが口内で消えていく。眉間にシワが寄っている事だって自覚していた。

きっと今、自分は恐ろしい程険しい表情をしている。

脳内に有るのは昨日の光景と、無邪気に笑うパール色の少女。

（あの、クソ女……ッ）

とても口には出せない、汚く罵る言葉。決して貴族に仕える使用人が使っていい言葉ではないが、マリンからすれば音にしなかっただけでも誉めて欲しいくらいだ。

理性が仕事をしていなければ今頃、自分はメアリージュンの許へ向かい、気が済むまで殴っていただろう。
ヴィオレットの内心がどれだけ混乱しているか、正しい事は分からない。自らに根を張る独占欲と戦っているなんて、流石のマリンにも想像の範疇外だ。
それでも、ヴィオレットの異変の原因がなんなのかは、簡単に思い当たる。

昨日の夕食の席から、ずっと様子がおかしかった。もっと言うなら、メアリージュンがユランの名を口にした瞬間から、ヴィオレットの血の気は引いたままで。それが悪夢を呼んだのか、朝の顔色は就寝前よりも酷くなっていた。

原因が異母妹の発言である事は明白で、それが、何よりも腹立たしい。

メアリージュンには、そんな気はなかった事だろう。あの無垢で無知な存在は、人を傷付ける可能性など欠片も想像しない。誰かの為は誰も傷付けず、過って傷付けたとしても、全てはごめんなさいで治るのだと信じている。
性善説を信じ、その人格の全ては善意で構成されている。実際メアリージュンの人柄を言葉にするなら、善なのだと思う。

——だから、何だというのだ。

善人が、善良が、武器を振るわないとは限らない。百万の命を奪った英雄がいる様に、たった一人を殺した、罪人がいる様に。

メアリージュンが善人であるとして。その発言に刃は無いとして。ヴィオレットが、勝手に傷付いただけだとして。

それが、どうしたというのか。

マリンにとって、メアリージュンはどんな罪人よりも憎み、恨み、蔑む対象だ。魔王を倒した勇者であろうと、救国の聖女であろうと、どれだけ、その行いが尊ばれその存在が慈しまれようとも。仮令《たとえ》こちらが罪だと、悪だと言われても。

誰が何と言おうとも、メアリージュンは、マリンにとっての悪だった。

79. 視線、視界、視野

マリンが届かぬ呪詛《じゅそ》を吐いていた頃、当のメアリージュンはまだ学園にいた。ヴィオレットとは真逆で、長居するよりも真っ直ぐ帰宅する事が多いメアリージュンだが、今日はどうやら姉妹で逆の選択をしたらしい。一応四分の一は同じ血で構成されているはずなのだが、どこまでも似ていない二人だ。

とはいえ、仮に似ていたとしても、自分がメアリージュンを慮る日は来ないと、ユランはその笑顔を横目に思っていた。

「ユラン君は、お姉様と昔から仲が良いんだよね？」

「そうだね……俺達だけに限らず、この学園の生徒は大抵昔からの知り合いが多いけど」

ただそこにいるだけで明るさを発露しているメアリージュンと、同じく笑顔で会話をしているユランの光景……に、見えている事だろう。少なくともこの学園に通う多くの顔見知り達ならば、きっとそう錯覚してくれるはずだ。

だがもし、仮に、この場にギアがいれば……いや、クローディアでも、気が付いたはずだ。ユランの浮かべる笑顔に透けた、感情の一切反映されていない能面に。

綺麗に弧を描いた唇に、細まった目尻。声色も落ち着いており、不機嫌さを見出す方がどうかしているというくらい、完璧な姿。誰が見ても笑っていると分かるけれど、だからこそ、それがユランの自然な表情でない事は明白で。

本当のユランは、決して穏やかな質《たち》では無い。周囲から親友と括られているギアですら、ユランの笑顔なんてほとんど拝めた事はなく。何十何百と層になった面の皮の下に有るのは、悪魔も泣き出しかねない無情で無慈悲な冷血漢だ。

そして、そんな男が心の底から幸福の笑顔を向けるのは世界にただ一人——ヴィオレットだけ。

彼女が相手でない時点で、ユランの表情は無と何も変わらない。それがどれ程柔らかく優しい表情であったとしても、完全で完璧に見えたとしても、中を覗けば感情なんて欠片も入っていない。ただ仮面の上に絵の具を重ねて、場に相応しい顔を描いただけ。

「中等部も有るんだもんね……やっぱり高等部からってほとんどいないのかなぁ」

「珍しくはあるんじゃない？」

「やっぱりそっかぁ……」

ころころと、表情も声色もよく変わる女だと、ユランはさして興味も無い感想を抱いた。
落ち込んだ様子が目に見えるメアリージュンに、きっと正しい人物ならば何かしらの同情を覚えたのだろう。親の都合で訳も分からず貴族の世界に放り込まれたメアリージュンを、被害者と見なすのは決して間違いでは無いから。
ただその『正しい人』の中に、ユランは名を連ねていなかっただけで。

（……時間の無駄だったな）

落ち込む姿に心を痛めるなんて事はなく、むしろ悪戯に無意味な会話をさせられたと舌打ちしてやりたいくらいだ。
少し話しただけで察した、メアリージュンの無垢で無知な側面。明るく愛らしいのかもしれないが、だからこそあらゆる事への思慮が足りないタイプの人間。
こういったタイプは、視野が広い様で熟考しない。博愛を善と尊び、多数決を平等と呼び、異端を平凡に矯正する事を正義とする。

弾《はじ》かれた存在がいる事には目を向けず、世界は丸くなったと勘違いして笑うのだ。削《そ》ぎ落とされた角の事なんて、きっと気が付きもしない。己の視野の中が美しければ、世界も同時に美しいのだと、思い込む。それが如何に危険な思考なのかには、思い至らない。

どれだけ手を伸ばしても、正面から背中に寄り添う事は出来ないのに。

メアリージュンがその手の人種であるなら、ユランがどれだけ目を凝らしても無駄だろう。メアリージュン自身が知らない、気付いていないのなら、ユランが如何に想像し、仮定したとしても、答え合わせが出来ないのだから。

「……悪いんだけど、そろそろいい？　教室に色々置いてきたから、戻りたいんだ」

「あ、そうだったんだ……！　ごめんね、ありがとう」

「いや、大丈夫」

何の情報も持っていないなら、これ以上は時間の浪費だ。ただでさえ良い感情を抱いていない相手だというのに、メアリージュンとユランはそもそもの相性が悪過ぎる。性格が絶望的なまでに合わない。

窓枠に預けていた腰を上げて、挨拶もなしに背を向けようとしたユランを、可愛らしい声が追い掛ける。

「お話出来て、嬉しかった！　また声を掛けてもいい？」

「俺と君じゃクラスも違うし、同性の方が話も合うんじゃない？」

「そんな事ないよ！　折角こうして知り合えたんだもん、一杯お話しして、仲良くなりたいなって思うの」

「……そっか」

「うん！　よろしくね、ユラン君っ」

また明日、と大きく手を振りながら去っていくその背が消えるまで、ユランはその場から動けなかった。

衝撃……そう、衝撃的だったのだ。驚愕とも言える。あまりにも予想外で、想定外で、欠片の可能性も思い付かなかった展開だったから。

「っ、く、ハハ……ッ」

噛み殺せなかった笑いが、口を押さえた指の隙間から溢れ落ちる。それは珍しくも心からの笑いであったし、なんの仮面もない、ユランの本心の露見だった。

だって、だって――あまりにも、あの女が滑稽で。

「っ、……あー、おっかし」

ひとしきり笑ったユランの顔は、愉快と不快の両方で歪んでいた。目の奥は凍えそうな程冷えきっているのに、口元にはさっきよりも色濃く笑みの気配が有る。

あの少女が愚鈍な事は知っていた。純粋で正直なだけの人間なんて、ユランにとっては愚か以外の何物でもない。ずっと見下して来たし、いつか踏み潰す相手でしかないと思っていた。

しかしどうやら、ユランが思っていたよりもずっとずっと、あの女は鈍いらしい。

（……仲良く、なぁ）

そんな日が来る事は無い。ユランの中でメアリージュンの価値が今以上になる日は来ないし、彼女がユランの世界の成り立ちを理解出来るとも思えない。博愛の少女に、ヴィオレットの為なら何を滅ぼしても構わないと思う男の気持ちなんて、分かるはずがないのだ。そもそもメアリージュンは既に、その滅ぼされる側にいるのだから。

その事に、メアリージュンが気が付く日は来るのだろうか。

きっと……気付く事はないだろう。ユランが牙を剝くその日まで、きっと彼女は信じ続ける。自分の見ている優しい世界が、誰の身にも降り注いでいるのだと。自分がいる世界の裏も、己が視野の狭さも知らずに、清く正しく美しい物だけを認識して。夢と現実の境も知らずに笑うのだ。

事実、メアリージュンは最後まで気が付かなかった。

話し始めてから、さよならの終わりまで、ただの一度も、ユランがメアリージュンに向き合おうとしなかった事に。

80. 変革の嵐

眠れないと自覚すると、余計に眠る事が出来なくなる。焦れば焦る程追い込まれて、瞼《まぶた》を閉じているだけなのか、眠れたのか分からないまま朝を迎えてしまえば、疲れが増しただけで何の休息にもならない。

そんな日が続くと体が限界を迎えて、気絶する様に眠る事は出来るが、果たしてそれは睡眠と呼べるのだろうか。

「…………」

臓器に石が詰まった様な感覚と、体重とも重力とも全く違う、言葉にし難い圧迫感が全身にまとわり付く。

ここが教室でなければ、頭を抱えて重苦しいため息でも吐き出しているところだ。

幸か不幸か、それが出来ない環境のおかげで、外面だけは憂いを含んだ眼差しで座っている様に見える。伏し目がちに虚空を見詰めるだけで艶を感じさせるのはヴィオレットの容姿故だが、そのせいで余計に人目を惹き付けるのは得なのか損なのか。目立ちたくない本人からすれば煩わしい以外の感想は無いだろう。今日の様な日は、特に。

ユランを避ける様に帰った昨日から、結局何一つ回復してはくれなかった。

あの家はヴィオレットにとって毒の沼と何ら変わり無いので当然と言えば当然だが。それでも昔からの耐性だって有るはずなのに、眠れない日だって、何度も越してきたはずなのに。自覚した感情と、ユランとの関係について考え出したら、脳はブレーキが壊れた様にあらゆる可能性を勝手に導き出して。もし眠れていたら、恐ろしい悪夢を見ていた事だろう。

結果としては、眠る事も気絶してしまう事も、出来なかったのだけれど。

夕食も朝食も、マリンが料理長に頼んで量を減らしてくれたから何とか完食する事が出来た。彼女が気付いてくれていなければ、無理矢理詰め込んだ食材にも苛まれていただろう。有り難いと思う。同時に、心配を掛けている事が心苦しい。

マリンがどれだけヴィオレットを想い、労ってくれているのか。分かっているのに、その憂いを晴らしてあげられないのが苦しい。

（いつもなら、もっと簡単なのに）

いつもなら、もっと簡単に諦められた。
いつもなら、もっと早く答えを出せた。

少ない選択肢の中から、最も傷が少なくて済む道を選べばいい。それか、ただ言われた通りの事だけするか。悩んでも、考えても、上手くいく事なんて無いのだから、心を殺してただ合理的に動けばいい。

今回だって、同じ様にするだけでいいのだ。考えるまでもない、ユランの害にしかならないこんな感情、捨ててしまえばそれでいい。捨て方も殺し方も、ヴィオレットはよく分かっているのだから。

既に、苦しいと思う事も、痛みを感じる事もなくなっている。ただの作業で、工程で、段々と死んでいく自分の細胞を傍観していればいいだけ。

最善策が、唯一の解答が、出ているのに。
どうして、それを実行に移せないのだろう。

（欲なんて、もう残ってないと思ってた）

あの罪の記憶の中で、もう全て使い切ったと思っていた。

そもそもあの時だって、抑圧されていた感情や、押さえ付けていた欲望が一気に噴火したせいで結末は悲惨な物となったが、根っこは今も変わっていない。

希望にすがり付いた。ほんの僅かな光に、太陽を夢見た。いつかきっと王子様が助けに来てくれる、助けに、来てくれた。自分は悲劇のヒロインだと、勘違いした。

今まで殺し続けた心達は全て、ハッピーエンドへの生贄だったのだと。

幸せになれる、幸せになってみせる。ヒロインは、幸せにならなきゃいけない。その為なら、何をしたって許される。だって、その為に、ヴィオレットは死に続けたのだから。

どんどんと可笑しくなっていった思考に、今ならば気付ける。ただの憧れがねじ曲がり、夢が現実を追い越して、理想が実現すると信じた愚かなヒロインの終演は、バッドエンドが正解だった。

澱《おり》は出尽くして、心が潰《つい》えて、もうヴィオレットの中身は空っぽだ。夢も希望も無い代わりに、絶望さえも飲み込める。憧憬も羨望も、もうしなくて済む。

そんな欲を捨てられたから、今度は間違わずに済むと安心出来たのに。

「――さま……、ヴィオレット様っ」

「ッ、!?　ぁ……ごめんなさい、何かしら」

落ち続けていた思考は、自分が今どこにいるのかすら忘れさせていたらしい。人前で落ち込むなんて真似をしたらどんな噂が立つか分かった物ではないというのに。

話し掛けて来た相手は、どことなく見覚えがある程度の女の子だった。顔は分かるが、名前までは記憶にない程度の、知人未満なクラスメイト。

つまりは、気軽に世間話をする様な間柄ではない。

「突然お声を掛けてすみません。ヴィオレット様にお客様がいらしてますよ」

「私に……?」

誰だろうかなんて、想像しただけで腰が重くなった。

かつてならばいざ知らず、今のヴィオレットの交遊関係は驚く程狭い。交流する人は限られており、その中でも友好的な相手は一人しか思い当たらない。親族という可能性もあったが、ならば彼女はお客様ではなく妹と言っただろう、ヴァーハンの家系図は多くの人間がよく知っているのだから。

となると、今ヴィオレットを訪ねて来る相手は一人に絞られる。

昨日の事を訊《たず》ねに来たのだろうか。かなり不自然に会話を切り上げた自覚も、避けている様な態度を取った記憶も有る。ユランが怪しんでも不思議はない。

「教えてくれてありがとう」

「い、いえ……っ」

何処かそわそわした様子の伝言役を尻目に、待ち人がいるらしい扉までの道のりがやけに遠く、なのに早く感じた。

この先に彼がいるのなら、ユランが会いに来てくれたのなら、それはヴィオレットにとってどういう感情を引き起こすのだろう。

嬉しいと思う、それは当然、今までもずっとそうだった。

でも、今は。今のヴィオレットには、それが堪らなく恐ろしい。肺の辺りが圧迫されて重くなる。嬉しいのに苦しくて、喜ばしいのに悲しくて。いっそ拒絶出来たなら、全ては丸く収まるのに。

そんな矛盾と葛藤に苛まれたまま、扉の外にいる人物に目を向けた。

「え……」

想定よりも随分と低い位置で合った目に、驚きと疑問で固まる事しか出来なかった。

一瞬前までの葛藤が鳴りを潜めて、今脳内を埋め尽くすのは、理解の追い付かない事態に対する疑問符だけ。

それくらい、想定していなかった、可能性すら浮かばなかった相手。

「ロゼット、様……？」

「ご、ごきげんよう……っ」

強張った表情で、震えた声で、ガチガチになった体で、緊張を全身で表現しているお姫様が、目の前に立っていた。

81. 一人になりたい二人

周囲の目が好奇心に満ちている事など、確認せずとも分かる。共に人目を集め易いタイプではあるけれど、圧倒される美貌のヴィオレットと、神聖さに溢れるロゼットでは、同じ注目されるのでも意味が全く違ってくる。

中等部から同じ学舎に通っているが、話した事はほとんど無い。言葉を交わした事はあるし、互いに存在を認識はしていたけれど、知人以上ですらなかった関係性は、昨日を経ても変化が無いはずだ。少なくともヴィオレットにとっては。

(ユランに気を取られて、すっかり忘れてた)

彼女との対面よりも、その後の方に意識が向いて。今の今まで、ロゼットの顔を見るまで記憶の片隅で雑多に纏められていた一日。

ヴィオレットにとっては、その程度の出来事だった。

(でも……彼女にとっては重要な事よね)

昨日、偶然知ってしまったロゼットの秘密。

ヴィオレットにとっては忘れたままでも問題ない様な、誤解を恐れずに言うならば、どうでもいいとさえ思える秘密だけれど。

知られた側にとっては、恐ろしくて堪らないはずだ。

秘密は弱点。打ち明けている人が少なければ少ない程に、それは重みを増していく。ただ秘めているだけなのに、騙している気になったりして。

そんな代物を、抱えている中身を、他人に知られる事がどれ程恐ろしいか。ましてやその他人が、良い噂の無い強欲な令嬢だとしたら、どれ程不安か。

考えずとも理解した。共感も出来た。仮に自分がロゼットの立場だったら、きっと同じ行動を取るはずだ。

「……少し、場所を変えましょうか」

「っ、は、はい……！　あの、実はついて来て頂きたい所があって」

「え……？」

まさかの申し出に、今度はヴィオレットの方が困惑する番だった。さっきまでの挙動不審な態度はどこにいったのか、一体何が彼女に踏ん切りを付けさせたのか……何も問いかける事の出来ぬまま、ヴィオレットは、ただその背に従うだけだった。

※※※

到着したのは、見覚えも、利用した覚えもある場所。相も変わらず薄暗く、人の影どころか気配すら感じられない。

「……ここ？」

そこは、昨日自分達が出会い、別れた場所。ロゼットにとってはきっと、大切な秘密を吐き出せる楽園。

「どうして……」

てっきり人払いをしたサロンにでも行くのかと思っていたが、確かにここなら、人に聞かれたくない話をするのにもってこいではある。とはいえまさか、昨日の今日で再び訪れる事になるとは思わなかった。

昨日の一件で、ヴィオレットはもうここに来るつもりはなかったから。

「ここ、本当に人気がなくて……陰になっているから周りからも気付かれ難《がた》いですし。それもあって、私もよく通っていたんですけれど」

「そうだったの」

ならば、あの時会ったのは不幸な偶然という程の事でもないのだろう。そう遠くない内に、二人は偶然という形で鉢合わせしていたはずだ。

「だから、あの……ヴィオレット様も、そうなのかなって」

少し先で立ち止まったロゼットが、ゆっくりとヴィオレットを振り返る。風が二人の間を通り過ぎる音だけが鮮明で、他は何も聞こえない。

声も、視線も、誰の理想も印象も、ここには届かないのだと。

「一人に、なりたいんじゃないかって……思ったんです。だからここに来たのかなって」

そしてその場所を、自分が奪ってしまったんだって、思ったから。ロゼットがここに来ると知ったら、きっとヴィオレットはもうこの場所を使わなくなるだろうと。

その予想は、的中していた。心を読まれたかと思うくらい、完璧に。

それはきっと、ロゼットも同じ事を考えていたからだろう。ヴィオレットが使うなら、自分はもうここを使わない方が良いと。

一人になりたい二人は、相手の気持ちが手に取る様に理解出来たから。

「でも……それじゃ、ロゼット様は」

「わ、私は他の所も色々知っていますし……！　その、私が好む場所は他の方があまり好まない所なので、必然的に人気がなくて」

えへへ、と笑う表情は、いつもの可憐な姿より随分と子供っぽく映る。きっと、これがロゼットの根っ子にある『ロゼット』で、幸か不幸か、ヴィオレットには一番知られたくなかった秘密を知られてしまったが故の無防備さなのだろう。

誰かの為だけに存在するのは、心が固まっていく様で、潰されていく様で、破られる様で——苦しいから。

「……気を、使わなくても大丈夫よ」

「え……」

「確かに、貴方の言う通りだけれど」

一人になりたいから、人目を避けたいから、探し出した場所。誰の目も、期待も、印象も、噂も、気にしなくて良い場所が欲しかった。

でもそれはきっと、誰もいない場所が欲しかった訳じゃ無い。

困惑のまま視線を逸らせずにいるロゼットを追い越してガゼボの中に入ると、やっぱり薄暗くなった様に感じた。太陽は平等に照らしているはずなのに、木が重なりあっただけで光は簡単に遮られてしまう。

多くの人が鬱屈として感じるそれが、護《まも》られている様に思えてしまう。この感覚を、分からない人から離れたかった。

善悪に拘《かかわ》らず、向けられる感情全てが煩わしいと思う、その想いが否定されない場所にいたかった。

「立ち話もなんだから、座りましょうか」

「え……っ⁉　ぁ……っ、は、はい……！」

ころころと表情を変える彼女が可愛らしいと思えるのは、少なからず気持ちに余裕が出てきた証拠だろうか。昨日からずっと頭が色んな事で一杯になって、パンクしてしまいそうだったのに。

予想外の所から予想外の襲撃を受けて、脳が機能を停止しているだけかもしれないけれど。

それでも、良い。今だけ、もう少しだけ、空っぽなまま現実から遠ざかりたい。

そしてほんの少しだけ……一人になりたい者同士、身を寄せ合ってみたいだなんて、思ったから。

82. 手探りの倦怠

穏やかな時間というのは、いつどんな瞬間にも訪れる。戦の最中、暴力の合間、苦痛の途切れ。眠れぬ程の悩みを抱えている時だって、隙間というのはいかなる場所でも息が出来るから。

ヴィオレットにとって、今が正にその隙間だった。

「ロゼット様はリトスの王女様だったのね。どうりで、綺麗な紫の髪と瞳だわ」

「はい。でも私の様に目も髪もという人は、今はもうそういませんけれど」

「そうなの？　私、お国には行った事が無いのよね……宝石のリトスなら見た事が有るけれど」

『宝石のリトス』とは、リトスでだけ取れる紫色の宝石の事である。国の名を冠するだけあって、その輝きは誰もが目を奪われる程美しい。その価値は平均してダイヤの三倍とも言われている。

ロゼットの出身国である『リトス』は、小国ながら他の国からの信頼も人気も高い国だ。国民の多くが紫系統の髪や目の色をしていて、だからこそ、自国で取れる紫色の宝石に国名を付けたのだとか。

教科書や人伝《ひとづて》に聞いた程度の知識ではあったが、固定観念の様な物だったらしい。やはり自分の目で見たり耳で聞いたりした事でないと、何が今の事実なのか判断するのは難しい。

「双子の兄がいるんですけれど、二人とも片方だけですね。一人は髪が、もう一人は瞳が紫で……顔は瓜二《うりふた》つなのに」

「あら、見分け易い」

「ふふっ、それ、皆に言われてます。王子様を間違う訳にはいかないから、凄く助かるみたいですよ」

「大事な……事、だものね」

あまりにも自然に、自嘲にも似た笑みが溢れた。

自分が自分であるという証明は、自分自身では出来ない。芽吹き、生まれ、名を貰って漸く完成した命は、認識され、名を呼ばれる事で個人へと成長する。

誰もが己以外になれず、どれほど他を憧れ羨み、真似た所で二番煎じでしかない。それはとても素晴らしい事だけれど、同時に残酷でも有ると思う。

誰かにはなれなくても、誰かの代わりは出来てしまう。押し付けられればそれに応じて変化出来てしまうから、忘れてしまう事。大事だけど、当たり前に軽んじられて頭から抜け落ちる、そういう類《たぐい》。

ヴィオレットが、そうして忘れてしまっていた物。

「でも……だからこそ、それ以外でも見分けたいって思うんです」

間違わずに済む、一番分かりやすく簡単な方法が有るのなら、それを活用するのが賢い選択だと思う。ロゼット自身、そうして兄を見分けられる様になった。

だから次は、そのまた先を。もっと、彼らを大切に出来る方法を。

「大事な人の、大事な事だから。もし色が分からなくても間違ったりしない様に」

何、そう難しい事で無い。ただ、彼らをよく見ればいいだけだ。生まれる前から一緒の兄達だけれど、同一人物ではないのだから。

「仲が良いのね、お兄様達と」

「そうですね……昔から、よく遊んでもらいました。末っ子で女の子一人だから、過保護な所もありましたけれど」

「……お兄様の影響だったりする？　貴方のその趣味」

思い出に笑みを浮かべるロゼットに、こちらの気持ちまで穏やかになる気がしたのは、勝手な共感だろうか。どちらかというと、絵本を読んだ時に抱く優しさに似ている。

ヴィオレットの問いに、ロゼットの表情は数瞬の間固まった。視線だけが挙動不審にうろうろと泳いで、今日は何も持っていない、昨日はそこにあった図鑑の面影で止まる。

「影響は、有るかもしれません。初めて見たのは兄の持っていた図鑑だったので」

「男の子は大抵持っているわよね……私も、昔持っていたわ」

「ヴィオレット様も、ですか……？」

「正しくは父の、だけれど」

もっと正しく言うなら、母が用意した、父が幼い頃読んでいたのと同じ物。流石に父自身が使っていた物は劣化が激しくて使えなかったが、同じメーカーが出している同じ商品を取り寄せるくらい、容易《たやす》くやってのける人だったから。

「原石図鑑なんかは好きでよく見ていたの。宝石そのものより、産地とか石言葉とかに興味が惹かれる質みたい」

「っ……！　わ、私もっ、です！」

少しずつ、会話のラリーが続いていく。お互いにゆっくりと境界線を更新して、互いの琴線を確かめ合う。踏み込む位置を間違えない様に、間違っても土足で、踏み潰さない様に。慎重に言葉を選びながら話すのは、頭も心も疲弊してしまうけれど。

思考を停止し、心を殺し、言の葉を紡ぐ事すら許されない時間よりも、ずっとずっと有意義な過ごし方。

久しく感じていなかった、心地良い疲労が降り積もっていく感覚を、味わっていた。

83. 辛いに一つ足してみただけ

一つの話題が終わると、また新たな話が始まる。その繰り返しが世間話なのだと、気付いた頃にはもうそれなりの時間が経っていた。

正反対の位置にいると思っていた相手は、思いの外近い場所で息を殺していたらしい。ヴィオレットもロゼットも、話せば話す程、自分達の内面が似ている事に気が付いた。きっと誰も想像しないだろう、本人達ですら対岸にいると思っていたのだから。

だが、考えてみれば当然だとも言える。

一番色んな事を吸収する時期を、男の子として育てられたヴィオレットと、理想のお姫様とはほど遠い趣味嗜好の持ち主であるロゼット。二人とも、淑女としての枠組みから外れた何かを抱えている。

共通の趣味とまではいかないが、何となく話の道筋が似通ってくるのは、お互いに感じる所だった。

「新しいドレスを作る時が一番困ってしまうんです。私の好みではどうしても皆さんのイメージを壊すらしくて……」

「そうなのよね……私も、好みの物と似合う物が全然違うわ」

「そういう時って、やっぱり似合う方を選んじゃいますか？」

「そっちの方が悪目立ちはしないで済むから」

「そうなんですよね……」

抱かれるイメージは正反対でも、二人とも他人の頭の中に完成された己がいて、そこから外れられない窮屈さは知っている。清楚で清純な百合《ゆり》も、妖艶で絢爛《けんらん》な紅薔薇も、そこに真実の欠片がないのなら、誉め言葉とは言い難い。

同じ道を通っている二人だからか、経験した苦労も立ち塞がる壁も同じで。普段人に話せない事だからか、共感してくれる相手にはどうしても饒舌《じょうぜつ》になってしまう。

「淡い色が似合うと言ってもらえるのは嬉しいんですが……汚さない様にって事ばかりに気が取られて、疲労が何倍にも」

「目立つものね……」

その時の事を思い出したのか、遠い目をして笑うロゼットに、ヴィオレットは苦笑いで共感してしまった。

そんなやり取りが新鮮で、だからこそ嬉しいと思う。

今までだったら絶対に出来なかった話だから。中等部の頃や、高等部に上がってすぐの頃、ヴィオレットの周りには沢山の人がいたけれど、その人達に今の様な話をしたらどんな騒ぎになっただろう。

イメージを崩された人間は、勝手に裏切られたと思うから。ヴィオレットに絶対権力の上で寛《くつろ》ぐ女帝を夢見る人達は、弱さを欠片も許さない。

かつては、それが心地良かった。強さの夢の中にいれば、本当に強くなれる気がしたから。

今にして思うと、そんな想いを抱く程に追い詰められていたという事なのだけれど。周囲だけではなく、ヴィオレット本人も理想を抱き、振り回されて終わった。ここまで来るともう黒歴史どころの話じゃない。恥ずかしいと感じる余地も無い、記憶から抹消したい暗黒時代だ。

「私は逆に淡い色があまり似合わないから、そういった心配はないけれど……コルセットが苦しい時なんかは辛いわね」

人々がヴィオレットに求めるのは、下品にならない色気と華やかさ。そこにいるだけで人目を惹く存在感。それが好感に変わる事は少ないけれど、そもそも好感を与えるヴィオレットを、周囲は望んではいない。

だからヴィオレットは、人目を避ける為に人目を惹く姿で立ち回る。目立つのは避けたいが、地味な格好をして悪目立ちするよりはマシだから。

己の容姿を、好んだ事なんて無い。むしろ嫌いだ。昔は鏡を見る事すら拒んでいたくらいに、自分を構成する全てが、血液から遺伝子に至るまで余す所なく大嫌いだった。

それが、平気になったのはいつからだろう。

あんなに嫌だったこの顔も、邪魔でしかなかった髪も、好みではないドレスに身を包む事も。

ただの地獄でなくなったのは、何故だったか。

（……ユランが誉めてくれたから、だ）

思い浮かぶのは、いつも笑顔で傍にいた男の子。男の子の様な服装も、伸び切っていない中途半端な髪でのドレス姿も、似合っていないと言われた、ヴィオレット好みの洋服でさえも。

綺麗だね。可愛いよ。凄く似合ってる。

ヴィオちゃんは、何を着ても素敵だね。

他の声全てをかき消す様に、大輪の笑顔で称えてくれる。誰もが怪訝な目を向ける、理想のヴィオレットから外れた姿でさえも、彼が嫌な顔をした事なんて無い。

だから、誇れる様になった。これが自分なのだと、思える様になった。髪も目も、流れる血も構成する細胞も、一つだって好きな所は無いけれど。それでも良いと、思える様になった。

ヴィオレットの嫌いな所も、捨てたい所も、ユランが大切に慈しんでくれたから。ユランが好きだと言ってくれるなら、ユランを通した自分だけは、愛してもいいんじゃないかって、思う事が出来た。

「……ヴィオレット様？」

「ッ……！　ご、ごめんなさい、少し、懐かしい事を思い出してしまって……」

「お気になさらないで。良い思い出、なのでしょう？」

「え……？」

「ふふっ、見ていたら分かります――凄く、幸せそうな表情をしていらっしゃいましたから」

ゆったりと微笑むロゼットに、言葉が詰まった。細やかな風の音さえ遠退《とおの》いて、彼女の言葉だけが脳内ではっきりと色を持つ。

幸せそうな表情を、していたのか。決して美しいとは言えない思い出の中に、ユランがいたという、それだけの理由で。

歪み堕ち、咎人になってしまう程の世界だったのに。人の不幸を、死を望む様な、自分だったのに。

倫理も道徳も、法律さえ捨ててしまえる様な、環境の中で。思い出すそれは、決して醜いものばかりではなかった。

「ええ……凄く、幸せな……、幸せ、だったの」

途切れてばかりの、音にならない空気の震えの合間に絞り出されたその言葉が、紛れもないヴィオレットの本音。

俯き、両手で顔を覆うヴィオレットに、ロゼットが動揺するのは当然で。泣いている様にさえ見えるその背を、ただ優しく撫でる事しか出来ないのも、仕方がない事だった。

ヴィオレットの瞳に、涙はなかったけれど。混乱と困惑の中にありながら、何も問わずに寄り添ってくれるロゼットの優しさに甘えてしまうくらいには、気付いた全てが幸せだった。

幸せで、嬉しくて、だからこそ苦しくなった。

知らなかった。気付かなかった。何も、見ようとしなかった。幸せに、なりたかった。

幸せ《ユラン》は、ずっと、傍で笑ってくれていたのに。

84. 理想の人

予鈴が鳴るまで項垂《うなだ》れていたヴィオレットに、ロゼットは何も聞こうとはしなかった。ただ、大丈夫かと問うだけで、大丈夫とごめんなさいで答えたら、なら良いのだと、安心した様に笑うだけ。

優しさと押し付けの境界を分かっている人なのだろう。人によっては強引にでも内側に入って来てくれた方が良いのかもしれないが、何一つ言語化出来ないヴィオレットにとっては、ロゼットの距離感が有り難かった。

「ごめんなさい、ロゼット様」

まともに話したのは今日が初めてだというのに、あんな姿を見せてしまうなんて……いつものヴィオレットならあり得ない話だ。想いの種がユランだった事で冷静さを保てなかったのも一因だが、思った以上に彼女と自分の立ち位置が似ていたのが一番の要因だろう。

共感が返って来る事の心地良さ《ここち》に、つい心を開き過ぎてしまった。
ヴィオレットも、ロゼットも、きっと少数派だ。理想の中でも現実でも、同じ重みを感じて生活する、数少ない同志の様なもの。
だからといって、何でもかんでも分かってもらえる、理解出来るはずだと思うのは、ロゼットに理想を見る者達と何も変わらない。

「驚かせたでしょう？　忘れてくださいな」

「気になさらないでください。それに……昨日は私が驚かせてしまいましたから、お互い様です」

印象と違う秘密を知られる事と、突然項垂れる事ではかなりの差が有ると思うが……分かった上で言ってくれているのだろう。ヴィオレットを気遣っての方便なのか、本心なのかは分からないが、ロゼットが優しい事は短い交流時間で充分に理解出来たから。
弱った姿を嘲笑う事も、煩わしいと表情を歪める事も、好奇心で根掘り葉掘り尋ねてくる事も。甘えるなと、叱責される事もなく、許される事が嬉しい。

「では、そろそろ戻りましょうか。予鈴も鳴ってしまいましたから、あまり時間もありませんし」

本鈴が鳴るまでに戻らなくては遅刻になってしまう。それは、良い噂のないヴィオレットにとっても、理想を抱かれているロゼットにとっても避けたい事態だ。
何よりこの学園では、連絡もなく姿の見えなくなった生徒がいると、それはもう尋常ではない規模の捜索隊が出動する可能性が有る。王族貴族、あらゆる要人の子息令嬢が通っているのだから、当然といえば当然の警備体制だが……僅か数分の遅効で学園全体がザワつくなんて、当人にとっては窮屈でしかない。

教室までの道のりは、同級生であればほとんど変わらない。階は違えど、学年問わず同じ一角に集まっている。とはいっても、広過ぎる学園では、その一角が恐ろしく広い範囲を指すのだけれど。
同じ歩調でその一角を目指していたヴィオレットは、そこでようやくある疑問を抱いた。

「そういえば……ロゼット様は私のクラスを知っていたのね」

色々と焦ったり、驚いたりした事ですっかり忘れていたが、きちんと自己紹介もしていない相手のクラスを知っているものだろうか。少なくとも、ヴィオレットはクラスメイトの名前ですらあやふやだ。さすがにロゼットが同じクラスでない事は前々から知っていたけれど、だからといってどのクラスに在籍しているかまでは今まで気にした事もなかった。

「隣のクラス、という事だけは聞いた事がありまして。ヴィオレット様は、えっと……有名、でしたので」

何重ものオブラートに包んでくれてはいるが、有名の一言に含まれているのが、負の噂でしかない事は明白だ。

クローディアにくっついて迷惑をかけていた事もそうだが、その後の異母妹騒動に関しても。口振りからして、ロゼットが言っているのは恐らく後者だろう。前者であれば自分のせいだと思えたが、後者に関しては完全なる巻き込まれ事故。父からの被害が学園内にまで及んでいる事を怒るべきなのか呆れるべきなのか……怒るを選んでバッドエンドになった前回を思うと、呆れるべきだろう。怒る体力が勿体《もったい》ない。

「でもどちらの隣かは確信がありませんでしたので……一クラスずつ、覗いてみるつもりだったんです」

最初で当たりだったので、ラッキーでした——そう言って、困った様に笑う表情まで可愛らしい。歩く姿から表情の作り方まで、どれも洗練されて見えるのは、彼女が理想の姿を装っているからではない。自然とそういった振る舞いが出来る程に、身に付いているという事なのだろう。

本当の自分は理想とはかけ離れているのだと、ロゼットは思っているみたいだけれど。きっと彼女の本質は、嘘偽り無い麗しの姫君そのものなのだ。

「それじゃあ……今度は、私が貴方のクラスを探す番ね」

「へ……？」

「そうね……今日のお昼とか」

「あ……ッ、ぜ、是非！　お待ちしています……!!」

ヴィオレットの隣のクラスは、一つだけ。探さずとも答えは明白だ。その事実から、遠回しなお誘いに気が付いたらしい。

頬をピンクに染めて、興奮気味に何度も頷くロゼットは、これまで抱いていたどのイメージよりもずっと子供っぽい。

表情がころころと変わって、心と表情筋が直結しているみたいに分かりやすい。好きな物を好きと言えない不自由さの中でも、諦めたり手放したりしない芯の強さがあって。ただたおやかに、柔らかく笑って聞き手に回っているだけではなく、こうして積極的にお喋りだってするのだという事。美しい所作が身に馴染んでいる事以外、どれもこれもが噂とは掛け離れたロゼットの姿。

知る事だけが良いとは限らない。もしかしたら、知らない方が良い事だって有るだろう。ロゼットが秘密を抱えているのも、理想像のままに振る舞うのも、そう思う人の存在を知っているからだ。

暴く事が、必ずしも良い方向に転がるとは、限らない。さらけ出す事だけが誠実であるとも、思わない。

ただそれでも、昨日、今日、今この瞬間、知った彼女を美しいと思う。理想は破れた、砕かれた。

だからこそ、見つけたロゼットは確かに理想の人だった。

85. 今までの綺麗事

「ヴィオレット様は少食なんですね」

「そうかしら？　デザートは結構食べる方だと思うのだけれど」

お昼、二人で訪れた食堂の空気が一瞬止まったのには気が付いていた。理由は考えるまでもない、真逆な方向に有名な二人が一緒にいるからだろう。

まとわり付いて来る視線を避けたくて、端の方に席を取ったのはどちらだったか。周囲の視線にはお互い気が付いていたから、どちらともなく、自然な流れだったのかもしれない。

向かい合って座った二人に、周囲が何を思ったのか。ヒソヒソとした話し声と、向けられる怪訝そうな視線から、あまり良い受け取られ方はしていないらしい。恐らくは、ヴィオレットに対する不信感が強まっているのだろう。

ヴィオレットにとっては、今さら気にする様なものでもないのだけれど。食堂に入った時から分かりやすく笑みを強めたロゼットは、気にしているらしい。誰が見ても楽しんでいるのだと分かる様に、少し過剰なくらいの笑顔だから。

「ロゼット様は、あまり甘いものを好まないタイプ？」

メインよりもデザートの方が明らかに多いヴィオレットと違って、ロゼットの頼んだ昼食にデザートは付いていない。ヴィオレットの様に極端なのも珍しいが、デザート抜きの生徒も珍しい。

「嫌いという訳ではないのですが……どちらかというとビター系の方が好きで」

二人とも少し声を抑えたのは、ロゼットのイメージとは異なる事実だったから。

似ているけれど、似ていない二人だと思う。ロゼットの真実は、ヴィオレットが抱かれている印象に似ていて。自分達の見た目が逆だったら、もう少し色々とマシだったのかもしれない。実際にそうなったら他の悩みが出てくるのだろうけれど。所詮は無いものねだりなのだから。

「ヴィオレット様は甘い物がお好きなんですね」

「ええ。逆に苦いのはどうしてもダメで」

「あれが美味しかったりするんですけどねぇ……」

「ブラックコーヒーとか、成長すれば飲める様になると思っていたのだけれど」

「分かります。小さい時って、根拠なく思ったりしますよね」

「苦手なりに、憧れたりしてたのよ？　喫茶店とかでブラックを頼むの」

「叶いそうですか？」

「全然」

ふふ、と視線を合わせて微笑む二人の姿は、何処か神聖な美しさを感じさせる。好奇の視線は向けられても、その空間を邪魔する事は出来ない。割って入ろうなんて、思い付きもしない。完成されたその場所に異物が入り込むなんて、それが己自身であっても許されないと、思わせる。

「でも、店によって全然違いますから。もしかしたらヴィオレット様が飲める物だって有るかもしれませんよ？」

「そういう物かしら……私、そういうお店はあまり行った事がなくて」

美味しいスイーツの喫茶店だとか、可愛い盛り付けのケーキ屋だとか、コーヒーは飲めないという刷り込みから、あまり気にした事がなかった。

（いつも、ユランが教えてくれていたし）

甘味を好む事実を大っぴらにしたのだって、投獄されるという失敗を経てからだ。それまではロゼット以上に、抱かれるイメージを壊さない様、細心の注意を払ってきた。

強く、気高く、美しい人であるようにと振る舞ってきた。いつの間にかそれを自ら曲解して、高圧的で傲慢な人間になっていたけれど。

人がヴィオレットに、甘味ではなくブラックコーヒーを望むなら、口に広がる苦味だって楽しむふりをしてきた。

（ユランがこっそり、チョコレートとかマシュマロをくれたりしたわね）

パーティー会場なんかでは、好きでもない料理を周りに合わせて飲み込んで。我慢の限界が来る前に、ユランが隠れて渡してくれたそれを口に含んで回復して。

そんな時の彼は、いつも何処か複雑そうな表情をしていた。疲れて人気のない所に逃げ込むと、必ず見つけ出しては、沢山のお菓子を差し出してくれたけど。

その笑顔が、いつも悲しそうだったのは、気のせいではないだろう。


(心配、させてたのよね)

当時は一つも気付けなかった事実に、今になってこうして気付くのは、己が抱く独占欲の影響だろうか。ユランへの感謝を再確認出来るのは嬉しいが、逆に自分の首を絞めている気もする。

離れた方が良いと分かっているのに、余計離れがたくなった。


報いたいと思っていたけれど、それだけじゃ足りない。恩返しがしたい、それでもまだまだ、この想いには遠い。

ユランの良い所は、誰よりも知っている。きっと彼なら、どんな人でも幸せに出来るだろう。そんな素晴らしい人になった。

そんな姿を、傍で見られれば、なんて。

ただの強がりで、綺麗事で、きっともうただの嘘。

傍で、隣で、一番近くで、笑っていたいし、笑っていて欲しい。
彼が幸せにする相手は、自分が良い。
ユランの愛する人が、自分、だったなら。

「――え？」

カシャン、と甲高《かんだか》い音を立てて、持っていたフォークがテーブルに落ちた。

「ヴィ、ヴィオレット様……っ、大丈夫ですか？」

「ご、ごめんなさい……大丈夫よ」

向かい側で、慌てた様子のロゼットが給仕を呼んで新しいフォークを頼んでくれていた。その光景を見て、気遣う声を聞いて、答える事は出来たけれど。頭の中では全く別の何かが渦巻いている。

勝手に頬が熱を持ち、眼球が水分の膜を張る。きっと今、自分は情けなくも泣きそうなのだろう。俯いたその表情は、肩から垂れ下がった髪に遮られている。

震える唇を押さえて、脳内が溢れ落ちない様に、今の気持ち全てが、音にならない様に必死だった。

狭い視野の中で、ただ必死に、考えていた。

（今、わたし、は――）

自分は今、何を思ったのか、と。

86. 無いものねだり

この感情が、自分のエゴでしかない事くらい、初めから気付いていていた。

※※※

「機嫌悪ぃなぁ」

「…………」

自分から発せられる空気の不穏さくらい自覚している。何なら人を遠ざけたいが為、わざとやっている節が有るくらいだ。実際、ユランの纏う雰囲気に気圧《けお》されてか、さっきから周囲に人が集まる事は無い。

まぁ、クラスメイト達はユランの機嫌なんて察せられず、何か考え込んでいるのだろう、程度の認識なのかもしれないが。近付いてこないなら、どちらでも構わない。

ただ、そんな周囲の反応を欠片も気に留めない相手には、色々と物申したい気になってくる。

「うるさいぞ、ギア」

「いや俺一言しか話してねぇけど」

「それがうるさい」

「お前ほんと我儘《わがまま》なぁ」

そう言いながらも笑っているから余計に腹が立つ事を、他称親友のギアは気付いているのだろうか。全く察していない可能性も、気付いた上で無視している可能性も、全部引っ括《ひくる》めてどうでもいいと思っている可能性だって有る。要は、ギアにとってユランの不機嫌などなんの意味も価値もないという事だ。

ギアのそういう所を、きっとユランは気に入っている。そして同時に、疎んでもいる。

多くのものを傍観し、自分にも他者にも自由なギアは、人間関係のほとんどを損得で勘定しているユランにとって、とても楽な相手だ。
正義感を振りかざし苦言を呈してくる事も、勝手な解釈で理解者面をしてくる事もなく、自分と他人との境界線が明確で。顔が見えて、会話が出来れば、互いの間に奈落が広がっていても気にしない。そんなギアだから、ある意味で一番フラットな交流が出来るのだと、分かっている。

でも、同時に、そんなギア相手だからこそ刺激される感情だって有るのだ。

中立という名目で閉鎖された国の皇子、異国の香りを纏う容姿のギアを嫌厭する者は、学園内に少なくない。逆にユランの方は、背負う事情こそギアより余程特殊だが、人好きする容姿と表情、性格から多くの生徒達に受け入れられている。
そうなるように、計算して立ち回ってきた。上手く、ズルく、賢く、多くの生徒が、ユランの事を慕うように。

そしてギアは、そんな周囲になんの感情も抱かずに生きていく。その無感情さが、無関心さが、圧倒的な余裕が、途方もない強さに思えて。

妬ましくて腹立たしいなんて、絶対に言葉には出来ないけれど。

「………うるさいっつってんだろ、頭に響く」

「あー……寝不足か。隈《くま》出来てんぞ」

「分かってる」

考える事もやる事も多くて、最近の睡眠時間は普段の半分もない。そこに生来の低血圧もプラスされて、機嫌も体調も絶不調だ。自己管理まで怠るつもりはなかったのだが、考える事が増えたせいで予定が狂ってしまった。

（学内だけじゃ、集められる情報が少ねぇ……）

その少ない情報を精査し、分析し、信憑性《しんぴょうせい》が有る物は更に深く掘り下げて……結果は、調べる前とほとんど変わらないカードが手の内に有るだけ。つまり、ほとんどが不発。

寝不足にまでなる苦労は無駄に終わってばかりだけれど、止める選択肢だけは存在しない。

（ヴィオちゃん、大丈夫かな……）

浮かぶのは、最後に見たヴィオレットの表情。驚きと焦りと絶望が同居した顔と、その後の、遠ざかっていく背中。

その一連のシーンが何度となく脳内で繰り返されては、彼女にそんな顔をさせた原因が憎らしくて。大体の予想は出来ているのに、決定的な事は何一つ分からないからより腹立たしい。
痛むこめかみをぐりぐりと刺激しながら、この痛みさえ、あの無邪気な妹のせいにしたくなる。

（やっぱり、家での情報が手に入らないのは辛いな）

ヴィオレット本人には、絶対に聞けない。外にいる彼女に、家の事を思い出させるなんて事、あってはならない。そしてきっと、彼女も自分には何も話してくれない。
大丈夫だと、気丈に笑うヴィオレットに、何度も騙されて来た。強がる彼女に、気付けなかった。ヴィオレットの大丈夫は、平気なのではなく我慢なのだと、もっと早くに気付くべきだった。

（マリンさんに聞ければ一番なんだが……）

ヴィオレットの全てを、ある意味ユラン以上に把握している人。間違いなく、ヴィオレットがこの世の誰よりも信頼している女性。彼女に連絡さえ取れれば、ユランの疑問が解消するだけでなく、副産物として他にも様々な利益が得られるのだろう。
ただそれをするのは、色々な意味でリスクが大き過ぎる。
まず、彼女に個人的なコンタクトを取る方法が無い。使用人であるマリンに、誰の仲介もなく連絡を取る方法は皆無に等しい。ヴァーハン家にも電話は有るだろうが、マリンが個人的に使う事は出来ないだろうし、手紙だって、どこで誰の目に触れるか分からない。
当主が別宅で暮らしていた時なら、まだ方法があった。ベルローズは自室に籠ってばかりで、使用人はヴィオレットに対して哀れみと愛情を抱く人ばかりだったから。
だが今は、あの家にはユランにとっての異物が三人。別宅で彼らの世話をしていた者達も一緒に移動してきたせいで、使用人達も一概にヴィオレットを慮ってくれるとは限らない。
マリンの事は信頼している、ただ、その他が欠片も信用出来ない。

「チッ……」

思わず、舌打ちが漏れる。手詰まり……というわけではないが、それでも打てる手は少ないし、考える事も山積みだ。加えて最終手段の為に、マリンとの交流手段も練っておかねばならない。
寝不足が解消されるよりも早く、原因の方が増えてしまった。

「悩んでるとこ悪《わり》ぃんだけど、一応教えときたい事が有るんだけどー」

「あ……？」

知らず知らずの内に下がっていたらしい視線を、前の席を勝手に陣取ったギアに向ける。睨み付ける様な結果になったのは無意識だ。痛む頭のせいとも言える。

普段の柔和な猫が迷子《まいご》になったユランの表情に、ギアが臆するはずもなく。事も無げに薄い唇を開いて、言った。

「お前、ロゼット・メーガンって、知ってっか？」

87. お姫様の意味

「『お姫様』が、どうかしたか」

ロゼット・メーガン姫は、理想的なお姫様。それが段々と誇張され、今ではお姫様の代名詞とまで称されている。学園に通う多くの者が、その存在に羨望の眼差しを向ける。同じ留学生であるギアに対してとはえらい扱いの差だが、所詮は皆、外見からの印象に囚《とら》われるという事なのだろう。

自国民と似た肌の色、髪の質、国民性を背負った姫君は受け入れ、異なる見目と価値観の人間は淘汰《とうた》する。分かりやすく愚かだと思うが、だからこそ御し易い。

この国で最も忌み嫌われていた偽物の金色も、ユランが成長し美しく笑う様になれば、誰もがコロッと騙された。人は外見ではなく中身だ等《など》と言ってユランの存在を正当化した奴等は、きっと夢にも思わない。

自分達が認めたユランの中身が、何の感情も伴わない空っぽの脱け殻だなんて。

「あ、やっぱ知ってたんか」

「名前くらいは、一応ね。彼女有名だし」

「まぁ、俺でも知ってるくらいだかんな」

「身分的には同じだろう」

「うちは特殊なんでね」

「知ってる」

ギアの生まれた場所も、取り巻く環境も、他国から見ればイレギュラー過ぎて戸惑う事が多い。本人にとってはそれが日常なのだとしても、当たり前は個人によって違う。

ギア自身、自分の常識が外から見ると可笑しい事に気付いたのは留学してかららしいし、常識なんて所詮はその程度の強度しかない。

「……で、そのロゼット姫がどうしたって？」

つまらない事なら張っ倒すぞ、とでも言わんばかりの視線に射抜かれて、ギアは思わず出そうになった笑いを堪える為に奥歯を噛み締めた。ここでもし笑えば、その瞬間この男の機嫌は急降下を通り越して墜落炎上が目に見えている。

寝不足が祟《たた》ってか、それとも他の原因でイラついているのか。今のユランは普段より五割増しで短気になっているらしい。取り扱いを間違っても爆発する様な事態には、ユランの性格上無いとは思うけれど。ギアの嫌がる事をピンポイントで狙って来そうな予感はする。

正直、そんな相手にこの情報を渡すのは少々心配だが……この男なら、自分が伝えずともその内に知る事になるだろう。

「さっき、姫さんと一緒にいんの見掛けたんよ」

「……詳しく」

「話し掛けた訳じゃねぇし、それ以上の事は知らんけど……めっちゃ目立ってはいたな、どっちもが」

「そりゃあね」

あの見た目の二人だ。個々でも目立っているというのに、二人揃った時の相乗効果は言わずもがな。いつもは正反対の場所にいるはずの二人が一緒にいれば、結果は容易く想像出来る。いつもは二つに別れている視線が、一ヶ所に集中するのだから。

ユランが思案するのは、そこではない。

(何で、二人が一緒に……)

ユランが把握する限り、二人に接点はなかったはずだ。クラスが隣である事は知っていたけれど、元より三つにしか分かれていないのだから、そう特別な事では無い。

今までの交流関係を辿っても、共通した人物は思い当たらない。二人とも数多くの視線を纏っているから、全てを正しく把握するのはユランにも不可能ではあるけれど、元よりタイプの違う二人だ。彼女らに傾倒するタイプもまた、色んな意味で異なってくる。

同級生なのだから、一緒にいる理由はいくらでも想像が出来る。もしかしたら、挨拶程度の場面をギアが目撃しただけかもしれない。

ただ、それを結論付ける証拠も無い。

証拠が無いのなら、それは嘘でも真《まこと》でもない。

「二人がどこに行ったのか、分かるか？」

「あー、あの方向なら中庭かどっかじゃね？」

「そうか」

「行くんか？」

「分かってて教えたんだろ？」

「授業までには戻って来いよー」

ギアが見送りの言葉を掛けた時にはもう、ユランは教室を出た後だった。
あの程度の情報でも、ユランはきっと、簡単に二人の行く先を見つけるだろう。それだけの情報網は持っているし、目立つ相手を捜すのは思いの外簡単だ。
そして行き着いたユランは、ただその姿を……ヴィオレットを見守るだろう。

「……もう一人の姫様は、どう出るんかねぇ」

ギアの脳内に浮かんだお姫様は、理想像とは似ても似つかぬ迫力で笑う。

「ただの『お姫様』だと思って嘗《な》めてたら……足元掬われんのはお前だぞ、ユラン」

88. 欠片の不安

その後のヴィオレットは、使い物にならなかったと言っていい。

半分以上残っていた昼食に手を付けず、楽しみにしていたデザートもキャンセルして。挙動不審というか、不安定というか、兎に角落ち着きがなくてロゼットを心配させた。

大丈夫だと答えてはいたが、それが本心でない事なんて、短い交流しかないロゼットにも気付かれただろう。とはいえ、ヴィオレットの方も、気持ちを上手く言語化する事が出来なくて。ただお互い、核心を突かず、上辺を撫でる様な会話しか出来なかった。

大丈夫だと言うヴィオレットの言葉を信じ切れず、心配そうにしているロゼットから視線をそらして。

ヴィオレットはただ、突き付けられた現実をどうすればいいのか……この想いの処理方法だけを、考えていた。

自分に関心を持たない家族を持った事に、生まれて初めて利点を見出した。苦しい時辛い時、悩んだ時に放っておいて貰える。利点の万倍、理不尽を押し付けられているので感謝はしないが、不安定な所を粉になるまで踏み潰されるよりはまだマシだと思う。そう思わなければやっていられない。

※※※

慌てた様子で帰宅したヴィオレットに気付く事もなく、そのまま自室にこもったって訪ねても来ない。メアリージュンがまだ帰っていなくて助かった。唯一ヴィオレットの異変に気付きそうな彼女は、気付いて、ヴィオレットを追い込む事しか出来ないのだから。

「おかえりなさいませ、ヴィオレット様」

部屋に入って来たヴィオレットを、片付けに来ていたマリンが出迎える。俯いたまま後ろ手で扉を閉めた主に、マリンは訝しげな視線を向けた。いつもより早い帰宅もそうだが、緩慢な動作で足取りも覚束ない様に見える。この家で元気一杯なヴィオレットも違和感しかないけれど、だからといって今の様に目に見えて沈んでいる姿も珍しいのだ。あらゆる感情を抱え込み抑え込み、爆発するまで耐えてしまう人だから。

「何か――」

ありましたか？　そう続くはずだった言葉は、覆い被さる様に視界を満たした灰色に遮られた。マリンの腕にあったシーツがパサリと床に落ち、距離を失《な》くした体温が縋《すが》り付く。マリンの肩に額を押し付けて、背中に回された両手はメイド服にシワをつけているだろう。

一瞬、何が起こったのか理解出来なかった。咄嗟《とっさ》に受け止めはしたが、それ以上の事は何も思い付かなくて。ただマリンよりも少し低い位置に有る頭を見下ろして、固まるだけで精一杯。

縋り付くヴィオレットの背に、手を回す事すら思い付かないくらい、混乱していた。

「ヴィオレット、様……？」

こんな風に、彼女に触れられた事は無い。

触れた事は有る。慈しむ様に、労る様に、その心を癒やしたくて世話を焼いてきた。同じ様にヴィオレットも、マリンの働きへの感謝を、自分の為に心を痛める姿への慰めを、その美しい手に乗せて髪を頬を撫でてくれた。でも決して、それ以上近くには行かなかった……行けなかった。

出来る事なら、いつだって抱き締めて温めて、この胸で泣かせてあげたい。悪夢に怯え、自らを抱き締め眠るなんて事、させたくない。凍える背中に、この体温を分け与えられたらどんなに良いか。この腕が、ヴィオレットの加護になれたならと、願っていたのに。

（そう、か……私は）

彼女を——ヴィオレットを抱き締める事が、恐ろしかったのか。

思い出すのは、まだ幼いヴィオレットを抱き締め笑う女の姿。恍惚《こうこつ》とした女とは対極に、生気の感じられぬヴィオレット。愛していると毒を吐き、娘を殺していく母親の光景。

マリンと同じ真《ま》っ赤《か》な目が悍《おぞ》ましく光り輝いていた、悪夢の現実。

（あんな物に、自分を重ねていたなんて）

母と同じ、だけど違うマリンの瞳を、美しいと言ってくれたのは他ならぬヴィオレットなのに。あの時のあの言葉がマリンの人生を大きく変えて、ヴィオレットという存在が、心の中心に息づいた。

（……だからこそ、か）

小さな種が芽を出し、花開いたからこそ、別の感情も芽吹いてしまった。ヴィオレットを大切に思えば思う程、彼女が褒めてくれたこの目が、やっと好きになれたはずの赤い色が、どうしようもなく不安で仕方なくなる。夢にまで見るあの日の光景が、頭から離れなくなる。
力の抜けた両腕、焦点の合わない視線、感情を失った声色。生きる事を放棄したあの日のヴィオレット。もしも自分が抱き締めた時、あんな表情で、あんな声で、名前を呼ばれてしまったら。想像するだけで心が千切れてしまいそうで。

ゆっくりと、その背中に手を置いた。朝触れたばかりの髪が指先に絡まり、柔らかな質感を確かめる様に何度も何度も表面をなぞると、生者の温かさが全身から伝わってくる。この人は生きている。愛する我が主《あるじ》は、この腕の中でも変わらず息をしてくれている。
それだけで、息苦しい程の不安が、欠片も残さず溶けていく。壁だと思っていた障害はただの霧で、塞がれていたのではなく、踏み出す事が出来なかっただけ。所詮は心が見せた幻覚で、そこにヴィオレットの本心なんて一滴も混ざってはいない。

少なくとも今、彼女は自分に縋っている。想いを持ち、何かを求め、マリンを必要としている。ならば、自分がすべき事はただ一つ。もう何も、躊躇う理由は無い。

「――どうされたのですか、ヴィオレット様」

89. 誰か嘘という肯定を

柔らかく包み込む様な、マリンの声が降ってくる。ゆっくりと、子供の睡魔を増幅させる時の様に、背中を撫でる手が心地良い。平均よりも低いだろうマリンの体温に温もりを感じるのは、それだけヴィオレット自身が冷えているという事なのだろう。

自分よりも少しだけ背の高いマリンの肩に額を押し付けて、まとまらない思考をなんとか言語化しようと考えを巡らせた。でも口を開く度、出るのはただの二酸化炭素。

言葉にすれば、事実が輪郭を得てしまう気がして。

「まり、マリン……私、わたし、は」

舌がもつれて文章が上手く繋げられない。何かが頭の中で爆発して、縋り付かなきゃ立っていられなかった。感情に任せて行動はしたけれど、この先をどうすれば良いのかが分からない。

泣《な》き喚《わめ》けばいいのか。纏まらないなりに説明して、何か助言を求めるのか。ただ感情のままにぶちまけて、自分を肯定して貰えれば楽になるのか。

きっと以前のヴィオレットなら、三番目を選んでいただろう。悲劇のヒロインである事だけが唯一の慰めだったから、ただ、自分の味方になるという頷きさえあればそれで充分で。同情でも、哀れみでも、何だっていい。ただヴィオレットは悪くないのだと、己に言い聞かせる為の材料が欲しかった。

でも今は。今、自分が求めているのは。

「ヴィオレット様、落ち着いて。ゆっくりで大丈夫ですから――」

「ちが、違う、こんなのちがう……っ」

マリンは、完全に取り乱しているヴィオレットを宥《なだ》める為、少しの隙間を作り、何とか目を合わせ様と試みる。それでもヴィオレットの眼球は、瞬きも忘れて彷徨うばかりで。

脳が沸騰した様に熱を持ち、目の奥までも侵食される。茹《ゆ》だる様な温度の中、手と心臓だけがどんどん冷たくなっていって。熱くて冷たくて、暑くて寒くて。感情と理性が乖離する。本心で繋がっているべき二つが、真逆の方向を向いて叫んでいる。

どちらかが嘘なら良かったのに。どちらかだけでも嘘だったなら、捨てる事も、割り切る事も出来たのに。どちらも本心で、だからこそ、抱えきれない。

「私が、ユランを好きになるなんて」

あり得ないと、気の迷いだと、全ては独占欲が見せた幻だと。

お願いだから、誰か、この想いを否定して。


「間違いなの、こんなのぜんぶ、全部違う」


愛を乞《こ》い、飢え、渇くだけが恋であるはずだ。事実ヴィオレットの周りに積み上がる恋物語は、どれもそうやって悲劇の終幕を迎えている。

クローディアへの想いは、恋とはまた違う。ヴィオレットが求めたのはクローディアの後ろにある幸せへの階段で、彼本人に愛を願っていた訳では無い。クローディアではなく、ただ一人ではなく、数多《あまた》の人に愛されたかったのだから。誰でも良かった、どんな形でも良かった、歪んでいても穢《けが》れていても、そこにヴィオレットへの想いが有るならその全てを飲み込めた。愛の反対が無関心であるなら、関心は全て、愛に変換出来るはずだから。

ヴィオレットの知る唯一の恋は、暗く深く、どこまでも重い鉛の様な。ただ一人の為に、娘も、自分の命すらも費やせる様な。周囲の涙を養分に、花咲かせようとする欲求。

欲に輝く女の顔。失望と絶望と憎悪と嫌悪を凝縮した母の顔。床に臥し、うわ言の様に夫を求める妻の顔。ベルローズの姿こそが、ヴィオレットにとって恋の象徴で。

「いや、嫌なの……ッ、嫌、っ」

始まりは、悦《よろこ》びに浸る母の顔。両手でヴィオレットの頬を包み、うっとりと父の名を呼んだ。言葉を認識するだけの頭脳も、私はヴィオレットなのだと主張する自我さえなかったのは幸か不幸か。ただギラギラと光る鮮血の様な瞳が恐ろしかった事だけは今でも覚えている。

そのすぐ後から始まった教育は、ある意味で厳しくある意味で甘かった。父と同じ道を通る事には恐ろしく厳密だったが、令嬢としてはどれだけ落第点であろうと構わなかったから。外で走り回っても、木に登っても、怪我や日焼けにさえ気を付ければ母はいつも上機嫌で。男の子の様に振る舞う娘に、違和感を抱いた事などないだろう。むしろ娘が女になる事へ違和感を抱き、これは偽物だと捨てる様な人だったのだから。

母にとって、ヴィオレットは恋の贄《にえ》だ。いや、贄にする為に、産んだのだ。ただ残念な事に父は贄を欲さず、残酷な事にヴィオレットは贄以上の価値を持っていた。そして出来上がったのは出来損ないの偽物で、作り上げたのは狂った女で、その全てはただ一途な恋の為で。

だから今、自分が抱える想いが、恋であるはずが無い。

恋であっては、困る、のに。

「どうして、こんなに嬉しいの……？」

こんなにも大切にしたくなる、尊さに泣きたくなる感情が、恋であるはずがないのだと、言って。

90. ブルースター

浮かんでは沈んで、また浮かぶ。そのまま窒息してしまえばと思う理性とは裏腹に、死にたくないと本能が藻掻《もが》いて。結局、自分ではこの感情を殺せない。

きっと、昔から種はあったのだ。心の一番奥、誰の目にも、自分の手すら届かない程深くに、厳重に仕舞い込んで。だから気付きもしなかった。いつの間にかあらゆる壁をぶち壊して、体中に根を張っていた事に。ヴィオレットの心ではもう、この想いを隠していられない。

だから誰か、無理矢理にでも手折って、根ごと引き抜いて。

もう二度と、何も芽吹けなくなるくらい、焼き払って。

嬉しいなんて、気の迷いだと思わせて。

「マリン、私は――」

「ヴィオレット様」

助けてくれと、この恐ろしい感情から、救ってくれと。再び縋り付こうとしたその手を、マリンが握り締めて離さない。力の籠もった掌の温もりに、自分の名を呼ぶ声色に、迷子はようやく夕日色の瞳を見つけた。

「大丈夫」

言い聞かせる様に、ゆっくりと、染み込ませる様に。一つ一つの言の葉がやけに鮮明な色をして、ヴィオレットの耳から流れ込んでくる。振動に乗って、体の隅々まで広がっていく。

「大丈夫です。何も、恐れる事はないのです。心配する事は、ないのです」

淡々とした口調は、いつもとそれ程変わりない。特別な事は何もなく、さも当然の様に告げられる全てが、ヴィオレットにとってどれだけ受け入れ難くても。大丈夫なのだと、根拠もなく肯定されるそれが、どれだけ恐ろしくとも。

マリンは、ただ口元を綻ばせるだけ。その声で、ヴィオレットを肯定するだけ。

「だ、って、私……、わたし、は」

戦慄《わなな》く唇では、散らばった言葉を上手く紡いではいけない。未だ恐怖のどん底にいるヴィオレットには、その肯定に頷く事すら罪深く感じる——いや、実際に罪なのだ。

一度、間違えた。愛と恋と幸福と、その全てに払うべき対価を。一から十まで、いっそ清々しい程に、ヴィオレットの『初恋』は間違いだけしかなくて。それで不幸になった人はどれだけいたのか。それで、泣いた人は、どれだけ。

「傷、付けちゃったら、……っ、どうしよう」

それだけが、怖くて堪らないのだ。

※
※
※

ヴィオレットが恋を語った日の事を、マリンは鮮明に覚えている。

嬉しそうに、楽しそうに、いつもより高い声と大袈裟な笑顔で、好きな人が出来たのだと言った。ベルローズに押し付けられた中身を失い、輪郭だけになったヴィオレットが得た、心という大切な器官。それがただの渇望から来る錯覚だったとしても、幸せを夢見るヴィオレットを、誰が咎められるだろう。マリンも、ユランですら、何も言えなかったのに。

クローディアの話をするヴィオレットは、安定したまま歪んでいった。元々真っ当とは言い難い感情なのだから当然だ。愛されたいと切望するヴィオレットに、欠片も靡《なび》かないクローディアは彼女の焦燥感を駆り立てる。正直、いつ爆発しても可笑しくはない……はず、だったのに。

火薬が湿り、時計が止まり、爆弾がただのガラクタになったのは、あまりにも唐突だった。

「……大丈夫です」

何度も、何度も、その言葉を口にする。怖いのだと、恐ろしいのだと、何度も何度も口にする彼女に。

「ヴィオレット様は、マリンの事が好きですか？」

「……？　もち、ろん。大好きよ」

「マリンも、ヴィオレット様が大好きです」

不思議そうに首を傾げるヴィオレットに、マリンはただ優しく微笑んだ。きっと多くの人には判別出来ないだろう、微《かす》かな笑みで。

「私は、傷付いた事なんてありません。ヴィオレット様はちゃんと、私を愛してくださっている」

恋と主従は別物。関係性も、抱く感情の種類も、愛の意味すら変わって来る事くらい、恋を知らないマリンにだって想像は出来た。それでも、ヴィオレットが自分を大切にしてくれている事も、それが愛情である事も、マリンはずっとずっと昔から知っている。マリンが今までの人生で得た幸せの多くは、その愛が齎《もたら》してくれた物なのだから。

恐れる気持ちは、痛い程理解出来る。自分達が見て、聞いて、育った現実はあまりにも汚《けが》らわしい。現実に振り回された自分達に、美しい恋愛小説を信じる余裕なんてどこにもない。だからこそ夢を見て、羨んで、藻掻いて、そうして掴んだ『初恋』は、ヴィオレットにとっては痛みしかない過去なのだろうけれど。

だからこそ、抱いた想いを、手放したりしないで。

「どうか、怖がらないで。その愛を、捨ててしまおうとしないで」

立っていられなくなったヴィオレットが、ふらふらと床に座り込む。いつものマリンであればすぐにソファまでエスコートしただろうけれど、今は一緒に座り込んで、顔を寄せ合った。不安げに眉尻を下げて、幼子の様な表情で自分を見上げるヴィオレットに、もう一度、大丈夫だという意味を込めて。

「嬉しいと思った事を、否定なさらないで」

まるで貼り付けた様な笑顔で語る初恋なんかよりも、泣きそうになりながら吐露される想いの方がずっと良い。ヴィオレットには笑っていて欲しいけれど、あんな笑顔と呼ぶには不格好過ぎる引《ひ》き攣《つ》った表情よりマシだ。

傷付けるかもしれない、嫌がられるかもしれない、迷惑かもしれない……そんなくだらない可能性の為に、ヴィオレットの幸福が阻害されるなんて、マリンが、そして何よりもユランが許しはしない。

「貴方に愛される事は、こんなにも幸せなのですから」

命を救われてから今日まで、数多の幸いをくれた。失望と、煩わしさと、少しの情だけしかない教会での暮らしとは全く違う。多くの苦痛と、怒りと、形容し難い負の感情を抱いても、その想いが変わる事は無い。

ヴィオレットに愛されて、マリンは幸福だ。彼女を愛する事もまた、幸せだ。

「……うれし、かった」

死に絶えなかった想いが零れ落ちる。小さな声はきっと、今にも鼻先がくっつきそうな程に近い位置にいるマリンにしか届いていない。でも、それで良い。他の誰にも聞かれたくはない。そのくらい大切で、尊くて、繊細な本音なのだから。


「気付けた、時、嬉しくて」

「はい」

「だって、だ、って、ユランは凄く、凄く素敵だから」

「はい」

「やさしく、て……いつも、笑って、くれて」

「はい」

「わたし、と……いつも、一緒にいてくれる、話を、聞いてくれる」

「はい」

「名前だって、呼んでくれる。ヴィオちゃんって。声がね、ふわふわしてるの」


言葉にするだけで、その想いが肉を得て、血が通って、段々と形作られる。輪郭しか分からなかった人影に色が付き、靄が晴れ、いつの間にか背中が確認出来るまでになって。

大きな背中、柔らかな髪がふわりと揺れて、恋心が振り返る。

「ひとりじゃ、ない、って……言って、くれる」

ゆっくりと閉じた、ヴィオレットの眼裏《まなうら》で——あの日のユランが、ありがとうと笑った気がした。

【番外編】 異国から来た王子様 前編

異国から来た王子様――ただ、それだけの相手。

※ ※ ※

ギアがタンザナイト学園に来たのは、中等部に入学すると同時。自国を出て、学業の為だけに留学する事は、シーナの王族に生まれた時点で決定していたし、ギアの場合は兄二人が既に留学から戻って来ているので、今更疑問を抱く事でもなかった。

シーナ帝国――他国からは、そう呼ばれているらしい。帝国、王国、定義は様々だが、ギアや国民の総意は『何でもいい』以外にない。自分達にとってシーナはシーナ、そこにくっつくのが何であれ、自分達には関係がない。

きっと外から見たら、自分達の考え方は驚くほど適当で、無責任で。思わず顔を顰めたくなる様なものに違いない。実際、そうして何人もの外交官が訪れては早々に帰っていった。我が国には多くの利益が眠っているそうだけれど、それ以上に我ら国民の性に耐えられないと。

そんな国から渡ってきた王子に対する、ジュラリア国民の反応なんて、考えるまでもない。

何事にも関心の薄いギアだけれど、さすがに王族の一人として最低限の社交は弁《わきま》えなければならない。時には父とのコンタクトを取りたがる相手を適当に聞き流したり、親から言われてギアとの距離を詰めようとする女性達を無視したり、食欲に身を任せていたくらいの思い出しかないけれど。

(退屈で、窮屈で、息苦しい国だ)

この地に足裏を落とした瞬間、理解した。己が育った国とは、漂う空気があまりに違う。王と国民の差。それが責任だと思う思考。上は特別で、下は平凡。まるで一種の宗教の様に、特別視され神格化された高貴な一族達。昔々、この国を支えた人達への敬意を、一滴の同一に引き継がせて。

自由よりも秩序、本能よりも理性が尊ばれる国。一人は皆の為、皆は一人の為。自分よりも他を優先する事が優しさで、自己の保身は卑怯で、集団の善が公的な正義になる。

自分の育った国とはあまりにも真逆。

法は制定されてるけれど、それを遵守している人間は理性よりも本能、他者よりも自己、国よりも群れと呼んだ方が適切な者達。誰かの意見なんて意に介さず、ただ己の進みたい道だけを求め歩む者ばかり。勇気と無謀をごちゃ混ぜにして、一瞬の悦楽の為に、命さえ賭けてしまえる奴ら。中に居た時はそれが当たり前だったけれど、外から見たシーナは、無秩序と野蛮性が注視されていた。そして悪評と言ってもいいその殆どが事実で、想像の範囲すら嘘八百ではない。

（兄貴達が言ってたのはこれか）

留学前に、経験者である兄二人から呼び出されたのを思い出す。

『お前なら大丈夫だろうけど、飽きても帰って来れねぇのだけは肝に命じとけよ』

いつもと変わらない口調で、明日から数年会えなくなる弟に対して心配する訳でも、別れを惜しむ訳でもなく、欠片の揺らぎもない日常の一コマ。彼らの方が留学する時はギアもまだ幼くて、数年の単位を正しく理解していなかったけれど。すでに学生の身分を手放している二人は、その長さも理解出来るだろうし、経験者としてギアのこれからを想定だって出来るだろうに。

家族にさえ関心が薄く見える、そういった所も他国の人間がシーナを苦手とする理由なのだろう。

人は人に関心を持つべき――そんな価値観が真っ当な国で育ったなら、尚更。

「アレが例の？」

「噂通り……野蛮そうな風貌をしている」

コソコソと、こちらを見ながら話す声。男も女も、時には生徒を超えた年齢の物が混ざっている事もある。見た目、行動、何かしらに対する嫌悪感を滲ませて、汚れた野良犬でも見る様な視線と共に。

褐色の肌。銀色の髪。尊ばれる生まれでありながら、その顔には一生残るであろう傷まであって。美しく上品なデザインの制服を着崩して景観を損ねるギアの姿は、どこに居ても人目を引いた。なまじ生まれ持った顔立ちが整っていた事もあり、他者は無意識にも惹きつけられてしまう。

それが更に、ギアに対する嫌悪感を増長させた。侮蔑している相手に見惚れるなんて、屈辱以外の何物でもないらしい。どちらにしても、ギアには何の責任もない。

勝手に嫌い、勝手に惹かれ、勝手に恨む。

シーナの国民を傲岸不遜で傍若無人な野蛮人と言っているが、ギアからすれば彼らの方が余程手前勝手だと思う。

嫌ならば関わらなければいい、視界に入れなければいい、忘れてしまえばいい。礼儀も責任も、お世辞も建前も、面倒でならない。好きに生きて好きに死ねばいい。シーナではそれが当たり前で、自分の常識だけで生きる事が許された。その分色々な部分は荒れて、他国と比べて住みやすいとは言い難いけれど。

どこよりも、生きやすい国だ。ギアの様に、優先順位が確立された人間には特に。

「……まぁ、良いか」

くぁ、と大きな口を開けてあくびを一つ。そんな振る舞いに、さらなる苦言が花開く。下品だとか、作法がなっていないとか、王子として問題だとか。よくもまぁ他人に対しそこまでの感情を割けるものだ。

ギアにとって、他人は他人。家族であろうと、友人であろうと、己と同一に思う事はない。愛や情は、共有ではなく、与え、貰う物。仮に愛する者が傷付いても、同じ痛みを抱く事はない。復讐は誓えても、共に苦しんだりはしない。

いっそ清々しいほどに、他者への関心と興味が薄く軽い。喜怒哀楽の変化さえも緩やかで、怒らない代わりに喜ぶ事も少なくて。面白そうと言った三秒後に、つまらないと姿を消したりする。ありがとうと受け取ったプレゼントを、その場に忘れて思い出さない事もある。

風よりも自由で、羽よりも軽い。両親や兄ですら、ギアの事はよく分からないと言った。奔放で身勝手で、大胆で豪快で。まるで、シーナという国そのものの様だと。

※※※

今日も今日とて、ギアは学園という小さな世界から弾き出されたまま。本人が気にしている素振りのない事から、日に日に酷くなっている気さえした。陰口から始まり、無視され孤立しても表情一つ変えない。余裕が一辺も削がれないその姿が、より周囲を苛立たせた。まるでギアを気にしている自分達の方が矮小な人間だと言われている様で。ギアからすれば、それすら思わないほどに興味がなかっただけなのだが。

人の悪意は続く。邪推は止まらず、尽きる事はない。人への関心は、善意と好意だけでは済まないのだから。

傷付いたりはしない。そんな繊細さ、そもそもギアの中には存在しない。陰口が届けば耳障りだし、必要最低限の会話も出来ないのは不便だ、それもまぁ許容範囲というか、正直どうだっていい。

（まぁ、こんなもんだよなー）

ばくばくもぐもぐ。お昼時の食堂で、ただひたすら口を動かす。発展した国らしく口にするものはどれも大変美味しいのだが、この生活に対する想いが上回って心から堪能出来ない。

面倒臭いのも事実。こんなものだろうと、諦めているのも事実。そしてその全てが、どうでも良いのだって事実だけれど。
ただ唯一、ギアにとって問題なのは。

(何もねぇ……)

つまらない、面白くない、楽しくない。
快楽がない、悦楽がない、刺激がない、興奮がない。

退屈。

(——飽きた)

ごくんと飲み込んだ何か、今、自分が食べていたのは何だったか。そんな事すらどうでも良くなる。何の刺激もない、ただ美味しいだけの食事に栄養以外の感想が浮かばない。つい三秒前までは、この退屈な国で唯一の楽しみくらいに思っていたのだけれど。プツンと切れた集中力は、食欲まで一緒に連れて行ったらしい。
まだ山になって残るパンの山。まだ腹は満ちていないし、食べる手を止める気はないけれど、伸ばす手も動かす口も、億劫で仕方がない。胃の隙間を埋める為に詰める、それは赤ずきんが狼の腹に石を詰めた理由に似ている気がした。

兄の言っていた事の意味を、ようやく全て理解した。

(後何年だ――……？)

入学してまだ数カ月、高等部卒業まで五年以上。その間、ギアはこの国から出る事が出来ない。冠婚葬祭だろうと、長期休暇中の里帰りだろうと、例外なく。学園を卒業するまで一秒たりともこの国の外の地を踏む事は叶わない、校則であり、シーナの掟。

元々、ジュラリア王国もタンザナイト学園も、シーナ王族の受け入れに寛大な訳ではない。そして反対に、シーナ側もこの国に個人的魅力を感じている訳でもない。平和を掲げた王国と、本能に忠実な帝国。誰がどう想像しても水と油、混じり合う姿なんて想像する方がどうかしている。

だからこそシーナの王族は、一度入学した後は決して後戻り出来ないだけの規則が必要だった。本能に忠実だからこそ、退屈を感じたら簡単に役目を放棄して帰国するのが目に見えていたから。

だから学生である内、ギアはジュラリアの、身分証明が不必要なエリアまでしか外出する事が出来ない。海を隔てた自国への帰路なんて、近付く事も許されないだろう。試した事はないが、恐らく秒で連れ帰られるのが落ちだ。この国の平和は国民性も勿論だけれど、優秀な警備体制のおかげで成り立っているのだから。

それでも万が一、抜け道を見つけて帰国を果たしたとして、待っているのは掟破りでの斬首だ。

退屈は人を殺す。このままここに居ても、逃げ帰っても、ギアは退屈に殺される。

(兄貴達、よく耐えたなぁ。俺無理かもなんだけど)

何でも良い。何か、面白い事が欲しい。楽しい何かが欲しい。退屈を殺せるだけの武器が、刺激が、興奮が欲しい。

何でも——誰でも良いから、楽しい玩具が欲しい。

「それ全部食べんの?」

【番外編】異国から来た王子様　中編

無表情に笑う――そんな矛盾が、あまりにも似合う男。

※　※　※

シーナという国は、利益と嫌悪が積み上がって原型が見えなくなった島だった。帝国と呼ばれているけれど、その中身は誰も詳しく知らない。調べようにも、知っている人も居なければシーナ出身者も居ない。名前と場所と、上辺をなぞっただけの国民性、そんな薄っぺらい情報を全て信じるほど、ユランは素直でも愚かでもなかった。

理性より本能、安全より刺激、安泰より興奮を選ぶ奴ら。知性も品性もない、人間よりも獣に近い種族だと、国ではなく群衆だと、誰もが彼らを見下していた。

ジュラリアは平和と博愛が尊ばれる国だが、その柱である貴族社会は、蓋を開ければ皮肉と嘲笑の詰め合わせ。獣の方が賢い可能性に気が付かない辺り、彼らの知性も底が知れている。無知は恥だというが、無知の自覚がない事の方がずっと恥ではないのだろうか。

ユランにとって、無知は恥であり、危険だった。

多くの子供達が持っているはずの盾を持たず、人の悪意の中をその身一つで歩く日々。叩かれ潰され、傷だらけで進む中で、何でも良いから武器が欲しかった。矛であれば素晴らしいが、仮に盾であっても、当時の自分はなりふり構わず振り回して鈍器にしていた事だろう。今にして思うと、そうならなくて良かったと心から思う。あの頃のユランがそんな暴走をしていたら、今この瞬間まで命は繋がっていなかったはずだ。

ヴィオレットにも出会えず、彼女の痛みを知らず、その声も顔も存在も感じる事なく尽きていた。そんな事になっていたら、それこそ生まれた意味もなく死んでいただろう。幸いな事にユランはヴィオレットと出会う事が出来て、それによって今までの傷も痛みも吹っ飛んだけれど。

今は、自分ではなく、ヴィオレットの盾になるための力が欲しい。

体は鍛えた、体格も良くなった、知識も付けた、それでもまだまだ足りない。必要な物をかき集めるだけでは駄目なのだ。集めた後で、取捨選択出来る様にならなければ。

シーナについて調べ始めたのは、地理や世界史を覚えるついでだった様に思う。どれだけ頑張っても三行以上の情報が出てこなくて、他の国と並行して知識を蓄えていたはずなのに、シーナについてだけは一向に満ちる事がなかった。

ギア・フォルトの存在を知ったのは、諦めが心の大半を締め始めた頃。

シーナの王族が学園に入学するのは特別おかしな事ではない。ただ殆どの生徒は、シーナの王子の年齢を知らない為、突然現れた異分子に対して拒否反応が出やすいというだけで。

まだまだ子供で、守られる事の特別性も分かっていない年頃の集団にそんなものを放り込んだらどうなるか。遠巻きにされ、陰口を叩かれ、時には実害だってもたらされる。そんな結果が分からない程に、多くの人間は平和を享受しているという事なのだろう。

容姿が違う、生まれが違う、価値観が違う。十人十色を唱えた口で、その違いを受け入れない人が大勢いる。心が広く大きい事と、許容範囲が広い事は、似ている様で違う。受け入れる物の選別が厳しく、空っぽな事だってあり得る。

厄介な事に、人は集うと、少数を悪だと思い込める生き物だ。

かつてのユランがそうであった様に、ギアもまた、この国では悪になる。

「シーナの王子？　ユラン、あんな奴の事が気になるか？」

「彼にというより、帝国について興味はあるかな」

「好奇心が強いのは良いが、近付かない方が良いぞ」

「あはは」

適当に笑って相槌を打っていれば、相手は勝手にユランが自分の意見を分かってくれたのだと誤解してくれる。言葉の端々にギアに対する侮蔑と嘲りが滲んでいて、随分と矮小な人間らしい。名前はなんだったか、話した事がある相手なのかすら、ユランは覚えていないけれど。

(やっぱ、大した情報は持ってねぇか)

ギアのクラスメイトらしい男との会話で得たのは、ユランが想定した通りの道筋だった。遠巻きにされた異国の王子様は、国の事どころか自分自身の情報すら落としていない。いや、落としているのに、誰も拾ってはいないのか。

(関わるのは面倒なんだがな)

今のユランの立ち位置は、思っているよりもずっと危ういバランスで成り立っている。不浄の存在として生まれ、偽物として忌み嫌われ、死の影が付き纏っていた子供から、誰もが誉める優しく穏やかな好青年への転身は、一筋縄で説明出来るものではない。飛び抜けて優秀だった容姿と、苦労知らずの頭脳の恩恵は多大にあったけれど、一番はユラン自身が必死に働いたおかげだ。今、ユランを叩き潰そうと本気で考えている人間はそう居ない、けれど。

この身に流れる血が魔法か何かで変異しない限り、再び地へ叩きつけられる未来もゼロではないのだ。

出来る事なら、関わらずに他者からの情報でギアという人物を完成させたかったのだが……上手くいく想像は出来なかった。

【番外編】異国から来た王子様　後編

きっと自分達は、どこまでも正反対にそっくりだった。

※
※
※

想像出来ない事態は、割と当然の様に訪れる。必然や、運命なんて言葉で飾られているけれど、結局めぐり合わせなんて偶然に対する後付でしかない。

間違っても一人前ではない量のパンの山。その山のせいか、それともそれを食す人のせいか……恐らく後者だろう、その人物が座っているテーブルは六人が座れる様になっているけれど、使っているのは一人だけだった。

褐色の肌に銀色の髪。総合的には野性味や、どことなくがさつに見えるが、顔の作りだけを見れば女性に通じる繊細さがある。ユランよりも余程可愛い系統に傾いたその顔立ちは、中性的と称するのが一番適切だろう。

ギア・フォルト、シーナ帝国の第三王子。

興味の対象が目の前にいる。関わりたくないと思っているのもそうだが、これは良い機会でもあったのだろう。自覚したのは、後になってのことだけれど。

その時はただ、抱いた疑問が無意識の内に口から出ていた。

「それ全部食べんの？」

「あ？」

仰ぎ見たその顔は、きっとよく似たものだった。どこまでも平坦で、感情がほとんど乗っていない声と表情。瞬時に理解する、人への興味の軽さ。

柔らかな髪に、黄金に輝く瞳。緩やかに垂れた目の形が優しさとか可愛らしさを連想させるけれど、顔立ちそのものは美しいと称するべきだろう。高い身長もそうだが、一見しただけで分かる鍛えられた体つきも、男性的魅力に富んでいる。筋肉量はギアの方が上だろうけれど、大衆が強さを見出すのはきっとユランの方だ。

ユラン・クグルス。誰もが優しさと穏やかさを見出す、同級生。

人との関わりが希薄なギアですら、その姿を見た事があった。それほどに、交友関係が広くフットワークも軽いのだろう。ただ見かけた程度の間柄ではあるが、それでも勝手に抱いていた印象と、今目の前にいる本物ではどうも重なりあう部分が少ない。

誰に対しても笑顔で対応していた男は今、表情も感情も無に近い位置で佇んでいる。

そんな始まり、そんな、偶然。一瞬言葉を交わした程度で、交流とは程遠い出会い方をした。このまますれ違い交わらなければ、ただの偶然で終わっていたのだろうけれど。

後に親友と呼ばれる二人の出会いであるなら、運命になり得るのかも知れない。

※※※

遠い出会いの日を懐かしんだのは何故なのか、ギアにもよく分からない。過去に思いを馳せたりするタイプではないし、何なら真っ先に忘れる様な人間だ。あの日ユランと出会って、少しずつギアを取り巻く環境は変化したけれど、それはユランがそう仕組んだ訳でも、ギアが努力したからでもない。周囲が勝手にギアとユランに添う様に変化しただけの事。ある意味ではユランの人望のおかげではあるが、それに感謝する義理もなければ疎む必要もない。

ギアにとってこの国は未だ退屈で、窮屈で、面倒なまま。変化を期待する価値すら見出せないレベルで飽きてしまっている。

「まだ帰ってなかったのか」

「おかえりユラン、呼び出しは終わったんか」

「まぁね。そんな時間掛かるものでもないし」

「告白？」

「知らん。適当に謝って戻ってきた」


面倒くさいと、眉間に寄ったシワが告げている。この男に恋をする見る目の無さもそうだが、告白までする勇気は称えるべきか呆れるべきか。どちらにしても、ユランの外面が如何に素晴らしい働きをしているかが分かる。中身を知っているギアからすると、ユランの何を見て、告白出来るレベルまでの自信を付けたのか心底疑問だ。好意が通じると思える要素なんて、約一名を覗いて可能性すら皆無だというのに。

ヴィオレット・レム・ヴァーハン。ユランにとって、きっと世界以上の価値を持つ存在。

（……あぁ、だからか）

思わず、遠い日の出会いを懐かしんだのは。この男の見てくれに騙されかけていた頃の自分を、思い出したのは。この男の宝物を、初めて近くで見たからだろう。

「そういやさっきもユランに客が来てたぞ」

「は？」

「伝言……今日はごめんなさい、またお詫びをするわ、だって」

「っ……！」

ギアの伝言を聞いて、すぐに鞄を摑んだユランは別れも挨拶もせずに教室を飛び出した。あれだけですぐに誰の言葉か、誰が訪ねてきたのか勘付く辺り、ユランのアンテナはただ一人の為だけにあるらしい。つい数秒前まであった不機嫌が消えて、焦燥で一杯になった脳内にはギアの影も形も残ってはいないのだろう。

(ほんと、おもしれぇ奴だよなぁ)

恋慕、執着、盲信。ユランの中にあるヴィオレットへの想いは、決してギアが抱く事のないもの。それが尊いのか、美しいのか、はたまた汚れているのか狂っているのか、ギアには分からないし興味もない。

ただ何も信じない、想わない、関心を持たないあの男が、ただ一人に対してのみ様変わりする姿は、面白い。

「どうなるんかねぇ……」

無表情が崩れたユランを思い出して、思わず笑ってしまった。

ある種、ギア以上に周囲に割く心が少ないユランが、唯一何よりも最優先する。世界の中心として定めた、ただ一人の相手。詭弁でも見栄でも陶酔でもなく、真実自分以上に大切な存在なのだと、身も心も命さえも捧げてしまえる。

そんなお伽話を現実にしたユランを、ギアが理解出来る日は来ないのだろう。だからこそ、面白くてたまらない。ユランの献身と妄執の結末はどこなのか、あの美しい宝物は最後、どんな決断を下すのか。そのエンディングに、二人の出す応えは、誰の為の物なのか。

悦楽はないし、刺激だって少ない。興奮するほどの何かにも、出会えた訳ではないけれど。それが苦にならない程度には、この生活を気に入っている。

楽しませてくれそうな玩具を……興味を惹かれる友人を、見つけたから。

今度は絶対に邪魔しませんっ！

2

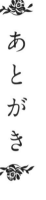

あとがき

こんにちは、空谷玲奈です。

沢山の方にご協力いただき、こうして二巻を発売する事が出来ました。ありがとうございます。少しでも楽しんでもらえたら嬉しいです。


気が付けば連載も九十話をこえ、まさかこんなにも続くとは、書いている私も思っていませんでした。予定では七十話くらいで完結しているはずだったのですが……私の書き方に予定通りなんて夢のまた夢なのだと思い知りました。今年は短編を練習したいと思っているので、文章管理頑張らねばなりません。

最近、作業のお供にチョコと小説家になろうラジオを聞いていたのですが、面白くて手を止めてしまう事に気が付きました。気が付いたら笑っているし、文章は増えていないし……お供ではなく、作業終わりの楽しみにしようと思います。ついでにチョコの食べ過ぎにも気を付けたいと思います。

今回はテスト回がメインでしたね。私は早く帰れるし、遊ぶ時間が増えるから好きな期間でしたけど、ヴィオちゃんは同じ理由で嫌いなんだろうなと想像してヴィオ父への殺意が増しました。妹から貰った高校の教科書を役に立てられなかった事が心残りです……私の勉強嫌いが原因ですね、いつか役立てたいと思います。

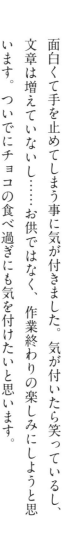

クローディアを出すと口悪なユランを書けるので、それは凄く楽しかったです。王子様には申し訳無いですが。ユランとヴィオの会話が個人的にはとても好きなのですが、対ヴィオのユランは口調が崩れる事が無いので……間延びした語尾のユランも好きなんですけどね。マリンが口汚くなる感じとかも好きなので、私の癖なのかもしれません。

書きやすさでいうと口調的にも性格的にもギアが一番ですかね。私の話し言葉が一番強く反映されているので、セリフを考えるのがとても楽。建前とかお世辞とか、オブラートとかも必要ないので言い難い事を言わせるのにもピッタリだと思っています。後個人的にギア君めっちゃ推しです、主に見た目が。

二巻で書き下ろした番外編は、そんなギア君を主体にして書きました！ ギアとユランの話は、絶対に書きたかったのですが、本編には入れられるかどうか分からなかったので、ずっとくすぶっていたのをこの機会に発散させていただきました。ギアの内面というか、面倒くさがりで傍観気質な所以外の部分を出せたかなと思っています。割と性格悪い感じに仕上がりましたが、これが書きたかった、と思っています。性格が良い、ではなく、良い性格をしている、といった感じですかね。

対ギアの時のユランも、普段と違って書くのがとても楽しいです。

基本的に冷静で、見下し傾向にあるユランですが、ギアだけはどうも上手く行かなくて苛立つ感じとか。そもそもギアの方があらゆる拘束の外にいる人なので、マウント取ろうとか考えた方が馬鹿を見るんですよね。そういう意味では、ギアが最強なのかもしれませんね。無関心って強いです。

ただ、無関心であるが故に、ギアの内面はとても難しかったです。セリフは書きやすいのに、まさかの裏切り。彼にとって何が一番楽しくて一番苦痛なのかとか、後はギアにとってのユランとか。ギアが一人で思考を巡らせている時、何を思っているのかが分からなさ過ぎて何度も発狂しました。

これは全てのキャラに言えますが、何故私から生み出されているのに私の想像通りに動いてくれないのか……プロット通りに進めやと何度思った事でしょうね、叶った事はありませんが！

今回の様に、本編に入れられなさそうなのとか、本編とは繋がっていないのとか、パロっぽい話とか、そういったものを詰め込んだ小説をなろうで書こうか迷っています。本編が鬱になるほど明るい話が書きたくなるっている……甘いもの食べたらしょっぱいものが欲しくなる原理ですかね。

一巻あとがきでも言いましたが、マリンとユランの『語る会』とか。新たにロゼットも参加させたいです。とにかく愛を語る会話文とか、本編では入れる隙が無さすぎですよね。

本編の方は幸せに近付いているのか遠退いているのか……ヴィオにとって、今の感情が幸せに繋がっているのか、それとも諦めに繋がっているのか。愛情が強さに変わる事もありますが、それによって何かを蔑ろに出来る人もいる。ヴィオ母は他人を犠牲に出来る人でしたが、ヴィオの場合はどうなのか。誰かなのか、それとも自分なのか、私にも分かりません。

そしてこの本の関わってくださった全ての方々に、心よりお礼申し上げます。こうして二巻が形になって、本当に嬉しいです。

夜遅くに連絡したり、作業の遅い私にお付き合いくださった担当様。コミカライズ共々素敵な絵で邪魔しまの世界を形にしてくださったはるかわ陽様。他にも編集部の皆様、読んでくださった読者様。本当にありがとうございます！

コミックスの方も発売されておりますので、まだ読んでいないという方は、是非そちらもよろしくお願いいたします。一巻同様、私の書き下ろしSSもありますので！

まだまだ至らぬ私ですが、これからもどうぞよろしくお願いいたします。

またお会い出来ますように！

２０２０年1月

今度は絶対に邪魔しませんっ!

2

公爵令嬢、二度目
地味と平

改心する。

今度は絶対に邪魔しませんっ！　2

2020年2月29日　第１刷発行

著者　空《そら》谷《たに》玲《れい》奈《な》

イラスト　はるかわ陽

本書の内容は、小説投稿サイト「小説家になろう」(https://syosetu.com/ に掲載された作品を加筆修正して再構成したものです。

「小説家になろう」は㈱ヒナプロジェクトの登録商標です。

。

発行人　石原正康

発行元　株式会社 幻冬舎コミックス
〒151-0051　東京都渋谷区千駄ヶ谷４－９－７
電話 03 (5411) 6431(編集)

発売元　株式会社 幻冬舎
〒151-0051　東京都渋谷区千駄ヶ谷４－９－７
電話 03 (5411) 6222 (営業)
振替 00120-8-767643

デザイン　荒木未来

本文フォーマットデザイン　山田知子 (chicols)

製版　株式会社 二葉企画

印刷・製本所　大日本印刷株式会社

ISBN978-4-344-84613-5 C0093 Printed in Japan
幻冬舎コミックスホームページ https://www.gentosha-comics.net